제법, 나를 닮은 첫 음악

제법, 나를 닮은 첫 음악

권민경 김겨울 김목인 나푸름 민병훈
서윤후 송지현 유희경 이기준 이희인

테오리아

불법 클래식 테이프와 심야 라디오

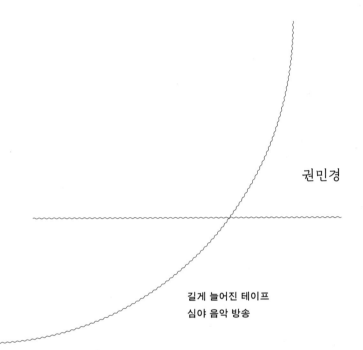

권민경

길게 늘어진 테이프
심야 음악 방송

○

삶이 음악 같다고 생각한 적이 많다. 그에 대한 글을 쓴 적도 있다. 음악도 삶도, 러닝타임이 정해져 있고 언젠가 끝날 테지만, 1절과 2절, 간주 중을 겪으며 플레이된다. 가끔 씹히거나 튀거나 끊기거나… 이런저런 사건사고를 겪으며 흘러간다.

지나간 일에 대해 되돌아보는 건 지난 소절을 되감기 하는 것과 같다. 나의 '첫 음악'에 대해 생각하는 일 또한 그럴 것이다.

나는 예술자료원에서 예술 기록과 관리를 배우는 실

습생으로 지낸 적이 있다. 예술자료원은 말 그대로 예술에 대한 자료들을 모아두는 곳이라, 음악이나 영화 자료들도 아카이빙되어 있다. 그런 자료들은 미디어에 굉장히 민감하다. 예를 들어 아무리 카세트테이프를 보관하고 있다 하더라도 그걸 재생할 플레이어가 없으면 보관의 의미가 없는 것이다. 그래서 예술자료원에선 재생 매체들도 보관한다.

내가 글쓰기를 하며 흡족한 부분은, 글이라는 것은 스스로 내 삶을 아카이빙하는 동시에 그것을 플레이하는 플레이어(독자)가 늘 마련되어 있다는 점이다. 내 삶은 글로 플레이된다.

나는, 나란 자료원에서(규모를 과장하고 싶기에, 자료실이 아니라 자료원이라 부르겠다.) 삶의 몇 소절을 꺼내 놓는다.

낮: 길게 늘어진 테이프

사람의 마음을 구성하는 성분은 여러 개다. 음악은 그 성분 중 하나일 것이다. 음악은 모르는 사이에 쌓여서 마음을 키운다. 나는 그랬다.

내가 태어나기 이전으로 시간을 되감기 해보자. 엄마는 좀 특이한 사람이었다. 엄마 아빠는 중매로 만나 6개월 만에 결혼했다. 젊은 시절의 엄마가 자신을 건드리지도 못하게 했다며 아빠 엄살을 떨곤 했다. 엄마 아빠의 결합은 가난하고 못 배운 사람들의 결합이었지만 엄마는 어딘가 모를 지적 허영이랄까, 아니면 고상함에 대한 회구랄까 그런 게 있었던 모양이다. 그 정체불명의 고상한 면은 엄마의 개성에서 큰 부분을 차지했다. 엄마는 어린 자매에게 클래식 음악을 듣게 했다. 그런데 그 클래식 음악이란 것을 구현할 도구, 제대로 된 음향기기를 장만할 만큼 풍족한 삶을 살지 못했다는 것이 함정이다.

우리는 단칸방에 살았고 음악 재생 기기라곤 낡은 금성 카세트플레이어가 전부였다. 그건 오로지 라디오, 혹은 카세트 한 개만 플레이되는 기계였다. 엄마는 우리 자매에게 클래식 테이프를 제공했다. 그 클래식 테이프라는 것은 매우 조악한 것으로, 언제 누가 어떻게 녹음한지 알 수 없는, 연주자의 이름은커녕 원곡자의 이름과 곡 이름마저 조악하게 적힌, 그러니까 〈아이네 크라이네 나이트 뮤직 – 모차르트〉①라고 쓰여 있

① 그 곡의 제목이 '아이네 클라이네 나하트 무지크 2악장'이라는 것을 알게 된 것은 그로부터 오랜 시간이 흐른 뒤였다.

긴 한데, 그 제목도 틀린 것이었을뿐더러, 몇 악장인지 기재되어 있는 걸 바라는 게 사치로 느껴질 만한, 그런 테이프였다. 그것의 출처는 리어카였다. 당시엔 리어카에서 불법 녹음테이프를 많이 팔았는데, 우리 집은 시골이어서 그조차 구하기 힘들었다. 우리에겐 귀했던 문화 향유 수단 불법 테이프는, 엄마가 시영버스를 타고 수색 외할머니 댁에 갈 때 모래내 시장이나 수색 시장 어디 즈음에서 사온 것이었다.

사실 곡명만 오기되어 있었던 것이 아니다. 수록곡의 구성 또한 계보가 없었으며 아비도, 자식도 없었다. 헨델의 곡은 음악의 어머니란 칭호도 무색하게, B면 세 번째 자리에 배치되어 있었는데, 그건 참 어정쩡한 자리였다. 헨델이라면, 엔딩 공연을 해야 마땅했고, 그게 무리라면 적어도 1부 오프닝 공연을 하든가, 하다못해 2부 오프닝이라도 해야 될 텐데, ―그리고 짬(나이) 순으로도 그렇게 됨이 마땅한데― 이건 뭐, 그냥 앞뒤가 없었다. 아버지인 요한 슈트라우스 1세는 아들 요한 슈트라우스 2세로 돌변하기도 했다. 심지어 마지막 곡은 전부 연주되지도 못한 채 페이드아웃되어 버리기도 했다. 음악 방송 마지막 순서를 차지하기 위해, 대형기획사 가수들이 서로 눈치 싸움을 벌이는 요즘의 세태로 말하자면, 참 어이없는 일이며 소속사에서는 보이콧해도 마땅한 일이었다. 뭐 1위라도 해서 앙코르곡이 잘리는 거라면 말이라도 안 하겠지만, 그냥 테이프 분량이 모자라서 잘리는 것이었다.

그러나 달리 생각해 보면, B면 1분 30초가량을 차지했던 자투리 공간 정도야 그냥 두어도 누가 뭐라하지 않을 텐데, 중간에 끝나버릴망정 끝까지 음악을 채워놓은 거 보니, 그 테이프를 녹음한 불법 장사꾼도 쓸데없이 성실한 인물이었나 보다.

그리하여 B면 마지막 곡이 완곡을 연주하지 못하고 끝나가는 것을 들을 때마다 어떤 연상 작용을 일으켰다. 나는 어두컴컴한 지하실에서 일본이나 그 비슷한 선진국에서 공수해온 LP판의 불법 복제 작업을 하는 남자를 떠올리곤 했다. 남색 점퍼를 입은 그 남자는 매우 조심스러운 태도로 테이프에 음악을 복사하는 작업을 하다가, B면 마지막에서 그만 어정쩡한 빈자리가 생기니, 무릎을 치며 아쉬워하는 거다. 그러다 하는 수 없다고 생각하며 자신이 그나마 덜 좋아하는 바흐를 (무려 〈G선상의 아리아〉를!) 마지막 순서에 넣고 페이드아웃시켜 버리는 것이다. (하지만 어째서 불법을 저지르는 사람을 떠올릴 때 나는 늘 여성이 아닌 남성을 떠올리는 것일까.)

그런 위아래 없는 불법 테이프가 우리 집 단칸방에, 주로 낮 시간에 울려 퍼졌다. 엄마, 아빠는 일하는 시간. 언니는 밖에 나가서 고무줄놀이라도 할 시간. 어쩐지 가족 중에 나만 그걸 즐겨 들었다. 클래식 테이프를 집에 가져다 놓은 엄마는 음식점을 운영하느라 바빴고 우릴 돌볼 틈도 없었다. 언니는 밖에 나가서 원숭이처럼 뛰어놀았다. 나는 엄마가 시집올 때 가져온 유일한 혼수인 장롱 속에 들어가 리어카표 클래식을 감상하며 공상에 잠겼다. 〈은파〉나 〈사랑의 꿈〉을 들으며, 혹은 토셀리의 〈세레나데〉②를 들으며 강에서 노를 저어가는 남녀나, 과수원을 뛰어다니는 사람들, 그리고 말 타고 언덕을 내려오는 남자를 연상했다. 엄마에게 토셀리의 〈세레나데〉는 말 타는 노래라고 했더니 엄마는 웃긴 농담을 들은 것처럼 내 말을 되뇌었다.

당연한 일이지만 테이프는 결국 늘어지고 말았다. 애석하게도, 한 번 늘어지니 같은 물건을 다시 구할 수가 없었다. 재구입하기엔 이미 너무 많은 시간이 흘러서, 불법 노점 리어카의 물건은 죄다 물갈이되어 있었

② 이 노래가 가곡이라는 사실도 뒤늦게서야
알았다. 게다가 실연의 상처를 노래한
곡이었다. 그러나 내가 듣던 버전은
경음악이었으며, 그 곡에 대해선 다시 생각해도
'말 달리는 노래', 그 외에 다른 표현은
생각나지 않는다.

13

권민경

다. 같은 곡들이 다른 버전으로 실린 테이프는 찾을
수 있었지만, 선곡이 완벽히 똑같은 것은 아니었으며,
편곡이 다르니 처음 듣는 곡인 양 낯설었다.

　　시디플레이어가 보급되고, 컴퓨터에서도 음악을
플레이할 수 있게 되었지만 늘어진 테이프는 다시 들
을 수가 없었다. 예술자료원에도 아마 그런 건 없을
것이다. 아무리 세상이 발달해도 '늘어진 테이프 플레
이어'는 발명되지 않았던 것이다. 지나간 시간을 되돌
릴 수 없는 것처럼 말이다.

밤: 심야 음악 방송

클래식 테이프를 듣고 자란 내가 처음 심야 라디오 음
악 방송을 들은 나이는 아홉 살이다.

　　시골의 밤은 왜 그렇게 길었을까. 밤새도록 노래
를 틀어놓으면 그대로 밤이 끝나지 않을 것 같았다.
하지만 까무룩 하는 사이 아침은 왔고 나는 늘 늦게
일어나 학교에 지각했다.

내가 살던 백석 2리는 역에서 좀 떨어진 마을이었다.
백마역 근처엔 애니골이라는 카페촌이 있어서 젊은이

들의 발걸음이 이어졌지만, 그 발길이 우리 집까지 닿진 못했다. 우리 집은 역에서 20분 거리에 있었다. 적갈색 벽돌 건물, 마을에 몇 안 되는 상가. 엄마, 아빠는 건물 2층에서 백마장이란 중국집을 운영했다. 가게에 딸린 조그만 단칸방이 우리의 보금자리였다. 비록 바퀴벌레랑 친하게 지내야 하는 환경이었지만 그 방은 내 꿈의 요람이었다.

잠들기 전에 클래식을 들을 때도 있긴 했다. 하루 일과를 마친 가족들은 단칸방에 집합했고 각각의 자리에 몸을 구겨 누웠다. 엄마는 머리맡에 예의 금성 카세트플레이어를 놓고 재생했는데, 아빠는 진작에 코를 골고 있었고 언니는 애초에 듣지도 않았으며, 엄마는 A면 네 번째 순서—이바노비치의〈다뉴브강의 잔물결〉이 연주될 때 잠들어버렸다. 우리 가족은 모두 코를 골았는데 현악 4중주처럼 들렸다. 나는 홀로 클래식 음악에 심취해 거의 끝까지 듣고서야 잠이 들었다. 하다못해 A면이라도 끝나야 잘 수 있었다. 지금 생각해 보면 그 때문에 내 키가 언니보다 작은 걸지 모른다. 성장기의 수면 부족이란 치명적이니까. 그것도 아니면 B면 끝 순서에서 노래가 잘린 바흐의 앙심 때문일지도 모르겠다.

그러다 어느 날부터, 엄마가 밤에 금성 카세트플레이어로 FM 라디오를 틀기 시작했다. 심야 라디오 소리 속에서 가족들은 예전처럼 편히 잠들었다. 라디오를 틀었던 엄마도 금방 코를 골곤 했다. 지금의 내 나이보다 젊었던 엄마에게 시골의 밤은 어떤 느낌이었을까. 나는 가끔, 심야 라디오를 틀어놓고 지친 몸을 누이던 젊은 엄마의 마음을 유추해 본다. 고상한 취향관 정반대로 종일 배달통을 들고 마을을 뛰어다니던 엄마. 예쁘고 튼튼한 엄마. 육체노동이란 슬픈 것이 아님에도 불구하고 나는 어딘지 서글퍼졌던 것이다. 낮은 볼륨으로 이어지는 라디오 소리가 그 감정을 돋우었다.

DJ와 출연자들의 목소리는 속삭이는 것처럼 들렸다. 웃음소리가 수도꼭지에서 떨어지는 물방울 소리처럼 간헐적으로 울렸다. 음악은 흥얼거리는 것처럼 들렸고, 심지어 CF 소리조차 음악의 일부분처럼 느껴졌다. 나는 겁이 많은 아이라, 머릿속 공상이 자칫 무서운 상상으로 빠지기도 했는데, 라디오를 켜고 자면서는 꽤 마음이 안정되었다.

가사가 없는 클래식 음악이 빤하지만 밝은 상상 속으

16

로 나를 인도했다면, 가사가 있는 음악은 좀 달랐다. 클래식 음악을 듣고 상상한 세계가 깊은 잠 속 꿈 같았다면 심야 라디오의 음악이 주는 세계는 선잠 같았다. 현실적이다 못해 세속적이기까지 한 가사들은 내 마음을 사로잡았다. 가사가 있는 노래는, 경음악보다 상상의 여지가 더 적을지언정, 공감의 여지는 훨씬 컸다. 나는 거기에서 어떤 멜랑콜리를 익혔다.

나는 이불 속에서 라디오를 들으며 종종 눈물을 흘리곤 했다. 엄마는 이미 잠든 후였는데, 그가 라디오를 켜놓았던 마음 같은 게 내게도 번졌는지 모르겠다.

　　나는 새삼 어린 나에게 물어본다. 너 왜 울었니. 쬐그만 게 뭘 안다고.

　　'아무도 모르게 서성이며 울었③'고 그런 '뜨거운 내 마음은 나도 모르게 천천히 식어④'가는 과정. 그 과정을 유추해 보며 나는 마음을 가라앉혔던 것 같다. 심지어 'Let It Be⑤'의 뜻을 몰랐음에도 반복되는 구절에, 뭔가 시키는 대로 해야 할 것 같았다. 하루를 마무리하며, 그날 어떤 일을 겪었든, 이불을 차면서 괴로워하지 않고 그대로 묻어버릴 수 있을 것처럼.

　　음악에는 본능적인 감성을 건드리는 뭔가가 있

17

③ 이문세, 〈옛사랑〉
④ 김현식, 〈추억 만들기〉
⑤ 비틀스, 〈Let It Be〉

는 모양이다. 머나먼 조상들이 주술에 가까운 노래를 불렀던 느낌이 이어져 오는 건지도 모른다. 그도 그럴 것이 시골의 밤은 지독히 캄캄했고, 내 이불 속은 동굴과도 같았다. 짐승의 공격과 어두움, 두려움을 피해 동굴로 몸을 숨겼던 사람들처럼 나는 이불 속에 있었다. 그 안락함 속에서, 대신 어쩐지 서글퍼지는 노래들을 들은 것이다.

$$f$$

사생활 같은 것도 없고, 바퀴벌레가 득시글거렸지만, 언제나 다정했던 나의 동굴. 열 살이 될 때 나는 그곳을 떠나야 했다. 일산신도시 개발로 우리 가족이 집을 옮겨야 했기 때문이다.

이사 후론 방이 두 개로 늘어나 부모님과 우리 자매의 방이 나누어졌다. 그 이후론 내가 주도적으로 라디오를 틀었다. 아마 그때쯤 부모님에게서 정서적으로 독립한 게 아닐까 싶다.

기나긴 여름낮처럼 늘어지던 카세트테이프. 내가 아침에 일어나면 거짓말처럼 꺼져 있던 라디오.

시간은 흘러간다. 노래를 담고.

ƒ

엄마는 시간이 흘러도 끝끝내 고상한 사람이다. 지금은 음악 듣기보다 다육식물 키우기에 몰두한다. 나로 말하자면, 눈물이 많아 지금도 가끔 노래를 듣고 눈물을 흘린다.

내가 들었던 노래들은 클래식이든, 심야 라디오든, 대중적이다. 나는 나의 그런 취향을 사랑한다. 쇳소리가 나던, 음질이 떨어지던, 어떨 때는 코 고는 소리 때문에 잘 들리지도 않던, 그런 음악들이 나란 인간을 구성하고 있는 중요 성분이므로. 그리고 앞으로도 내 삶은 음악과 함께 흘러갈 것이다. 조용히 페이드아웃될 때까지.

권민경
2011년 동아일보 신춘문예를 통해 처음으로 시를 발표했다. 시집 『베개는 얼마나 많은 꿈을 견뎌냈나요』를 냈다. 고양시에서 고양이와 함께 살고 있다. 게임과 음악과 만화가 삶의 주요 구성 성분이다. 요샌 『죠죠의 기묘한 모험』에 몰두해있다.

이방의 노래

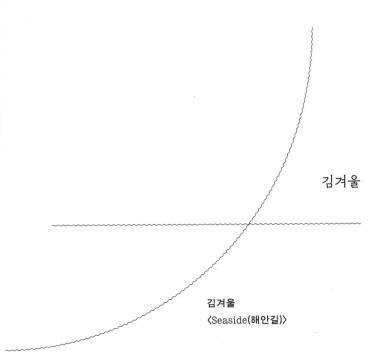

김겨울

김겨울
〈Seaside(해안길)〉

○

제주도였다. 제주도에서 그 곡이 시작됐다. 한국의 명절 풍습에 알레르기가 있는 나는 한동안 명절마다 제주도로 도망을 가곤 했는데, 그때마다 노트와 연필, 필름 카메라 같은 것을 보부상처럼 챙겨갔다. 스물셋의 추석부터 종종 그랬다.

　그즈음 러시아로 떠난 학교 동아리 후배는 떠나기 전 나와 커피를 마시며 이야기했다. 우린 어딜 가나 외국인으로 살고 싶은 사람들인 거야. 어디에 있든 이방인으로 남고 싶은 마음, 깊이 관여하고 싶지 않은 마음. 나는 취업 준비며 로스쿨 준비로 숨 가쁜 학교 안에서 철학서를 지고 유령처럼 돌아다녔다. 과제와 발표 준비로 시끌시끌한 점심시간 카페에서 아이패드를 펼쳐놓고 유명한 곡을 편곡하거나 카피하는 연습을 했다. 학교에는 나와 비슷한 사람들이 종종 있었다. 우리는 구석에서 동지애와 연민이 뒤섞인 눈빛으로 서로를 바라봤다. 한편으로는 나보다 일찍 음악을 만들기 시작한 친구들이 있었다. 방음시설이 된 작업실을 갖추고는 능숙하게 작업을 척척 해내는 친구들을 보면서 쓸데없는 열등감 같은 것을 느끼곤 했다. 그렇다고 학교 수업을 열정적으로 듣는 학생도 아니었고, 매일 아르바이트를 했던 탓에 신나게 노는 학생일 수도 없었다. 정말 어디서나 이방인이고 싶었던 것은 아니다. 하지만 나는 어디서든 이방인이었다.

엄청나게 거대한 배낭을 메고 제주에 갔다. 아주 오래전 가족과 여행한 적은 있었지만 혼자 하는 제주 여행은 처음이었다. 세화 바다에서 시작해 협재 바다에서 마무리되는 여행 일정에는 바다를 보는 시간이 섭섭지 않게 포함되어 있었다. 혼자 보는 제주 바다! 지금과 달리 아직은 사람이 많지 않았던 세화 바닷가의 카페에 앉아 창밖으로 비치는 수평선을 하염없이 바라보며 커피를 마시기도 하고, 외돌개의 멋진 풍경

옆을 한참 걷기도 했다. 여행 내내 버스를 타고 걸으며 이름을 알지 못하는 바다를 많이도 봤다. 비행기를 타는 날 아침까지도 나는 협재 바다를 걷고 있었다.

바다 여행이라고 불러도 좋을 이 여행에서는 특이하게도 음악과 관련이 있는 사람들을 많이 만났다. 어쩌면 음악을 만들고 싶어 하는 마음 때문에 그런 사람들에게 끌렸는지도 모른다. 첫날 묵었던 게스트하우스에서는 음악을 만들기도 하고 전문 세션으로도 활동하는 프로페셔널 기타리스트를 알게 됐다. 군대 선후배 사이라던 그 무리와 테이블에 둘러앉아 제주의 소주를 마셨다. 그가 연주하는 반주에 맞춰 〈제주도의 푸른밤〉과 〈청혼〉을 불렀다. 그 영상은 아직도 유튜브에 남아 있다. 며칠 뒤에 묵었던 게스트하우스에서는 거기 딸린 카페의 사장님이 기타를 쳤는데, 기타를 20년 정도 쳤고 카페가 부업이라고 했다. 즉석에서 앰프를 연결해 공연을 한 사장님은 나에게도 노래를 시켰고, 나는 얼떨결에 노래를 했고, 그날 우연히 만나 수다를 떨었던, 대학에서 문학을 전공했고 하루키를 좋아한다던 미국인 영어 강사는 나에게 'writer-musician-philosopher-entrepreneur'이라는 직함을 추천했다(대충 '작가 겸 음악가 겸 철학자 겸 사업가' 정도 된다). 아마 사장님은 자신이 그런 말을 했다는 사실을 기억하지 못하시겠지만 다음에 제주에 오게 되면 꼭 여기 다시 와서 노래해달라고 말했다. 전화로 소식을 들은 친구는 이쯤 되면 '음악여행 라라라'를 찍고 있는 거냐고 말했다. 나는 실컷 웃었다.

정말 이상한 여행이었다. 나는 이방인의 자격으로 모든 것을 누렸다. 바다에 대한 걱정 없이 바다를 따라 걸었고 음악을 사랑하는 사람들과 노래를 했다. 그래서 행복했다. 눈치를 볼 필요도, 뭔가를 증명할 필요도, 나를 설명할 필요도 없었다. 사람들은 내가 노래를 한다고 하면 그렇구나, 했다. 나는 다 괜찮아질 거라는, 음악을 열심히 하면 어떻게든 뭔가가 될 거라는 묘한 위안을 얻었다. 기타리스트 오빠는 자조적인 웃음을 지으며 음악을 하지 말라고 말했지만 나는 그럴 생각이 없었다. 아직은. 아직은.

어느 바다였는지는 모르겠다. 그렇게 중요한 것을 잊으면 어떡하냐고 물을 수도 있겠지만 어느 바다였는지는 도저히 기억이 나지 않는다. 분명히 기억나는 것은 멜로디가 떠올랐던 순간의 기분뿐이다.

떠올랐다.

멜로디가.

코드도.

이거 좋은데?

예술가의 일이 매번 영감에서 시작된다는 것은 환상이지만, 어떤 작품은 분명히 영감에서 시작된다. 황급히 핸드폰을 꺼내 생각난 걸 잽싸게 녹음했다. 두 개의 완전히 다른 멜로디가 교차되는 후렴구였다. 처음 떠오른 곡이 그렇다는 게 신기했다. 웬 듀엣곡? 처음 쓰는 곡이? 어쩌면 혼자 곡을 쓸 자신이 없다는 무의식이 발동한 결과일지도 모르지만, 떠오른 부분은 충분히 좋았다. 잘만 만들면 뭔가 좋은 걸 만들어낼 수 있겠다는 확신이 섰다. 이미 글을 쓰는 일에 익숙했던 나는 창작에 있어 그 정도의 확신이 얼마나 소중한 것인지 알고 있었다. 이건 만들어야 해. 함께 만들 친구가 곧바로 떠올랐다. 청량한 곡의 분위기에 필요한 소년 같은 목소리를 가진 친구였다.

그때 나에게는 음악을 듣고 만드는 일을 즐기는 친구들과 친하게 지낼 기회가 있었다. 인터넷으로 알게 된, 일종의 동호회(우리는 설명하기 힘든 우리의 인연을 소개할 때 '동호회'라는 단어를 쓰자는 농담을 하곤 했다)였는데, 거기서 마음이 맞는 친구들을 만나 지금까지도 친하게 지내고 있다. 그중 특히 마음이 잘

맞았던 친구, 그러니까 나에게 전화로 농담을 건넸던 친구(이 친구를 A라고 해보자)의 단짝 친구(이 친구를 B라고 해보자)가 내 머릿속에 곧바로 떠오른 듀엣 상대역이었다. 후렴은 나왔으니 나머지 부분을 함께 만들면 좋은 뭔가가 탄생할 것 같았다.

여행을 마치고 집에 돌아오자마자 짐을 끄르고 기타를 치기 시작했다. 머릿속에는 온통 그 노래 생각뿐이었다. 후렴 가사는 마지막 날 게스트하우스에서 썼으니 녹음만 하면 된다. 빨리 만들지 않으면 이것은 지나가 버린다. 이것이 지나가 버리면, 돌아올 때까지 아주 오랜 시간이 걸린다. 대충 정리가 되자마자 로직 프로를 켜 두 파트의 멜로디와 코드를 녹음해 데모 파일을 만들었다. 두근대는 마음으로 친구에게 보냈다. 나의 첫 곡이자 나의 첫 듀엣곡.

파일을 받아본 친구는 열광했다. 너무 좋은데? 이거 니가 쓴 거야? 그러게. 그땐 어떻게 그걸 썼을까? 분명히 바다와 음악의 마법이 있었을 거라고 나는 지금도 믿고 있다. 당시 한 주에 곡 하나씩을 보여주는 것을 목표로 하고 있었던(도대체 그런 에너지는 어디서 나왔던 걸까?) 친구는 그 곡 중 하나로 이 곡을 완성하자고 했다. 그리고 A에게는 비밀로 하자고 했다. A의 놀란 표정이 벌써부터 보여 웃었다. 나와 B는 각각 A와 더 친했기 때문에, 그리고 우리가 자기 모르게 듀엣곡을 쓸 거라고 생각도 하지 못했을 것이기 때문에 진심으로 놀랄 것이었다. 그렇게 일종의 007 작전이 시작되었다. A와 작업실을 함께 쓰고 있었던 B는 과연 비밀을 지킬 수 있을 것인가.

담당을 나눴다. 기타와 드럼은 친구가, 건반과 스트링은 내가 만들기로 했다. 후렴을 제외한 나머지 코드는 친구가 잡고, 멜로디는 함께 쓰고, 가사는 내가 쓰기로 했다. 함께 곡을 쓰는 일은 든든한 동시에 피곤한 일이었다. 드럼 비트를 가지고 사흘을 논쟁했다. 시험 기간의 공부와 과외로 녹초가 된 와중에도 할 말은 해야 했고, 친구도 만만치 않게 음악에 대한 고집이 있었다. 어찌저찌 합의를 마친 뒤에는 수면을 갉아먹는 작업이 진행되었다. 친구가 기타로 코드를 정리해 보냈고, 나는 그 파일을 받아 건반을 더했고, 친구는 2절에 일렉 기타를 더했고, 나는 스트링을 더했다. 곡이 만들어지고 있었다. 곡이, 만들어지고 있었다.

멜로디는 만나서 함께 쓰기로 했다. 당시에 인천에 살던 B를 만나기 위해 시외버스를 타고 인천으로 향했다. 지금도 그 시끌벅적한 소음이 기억난다. 스

28

타벅스가 너무 시끄러워서 커피빈으로 옮겼던 것 같다. 그래도 여전히 와글와글한 속에서 친구와 나는 노트북을 앞에 두고 같이 음악을 들으며 멜로디를 짰다. 그러는 중에 A에게 전화가 와서 둘이 식겁했던 것, 거짓말을 해놓고 같이 킬킬거린 것, 나중에 이 이야기를 들려줄 생각에 설렜던 것, 그것은 모두 그때만 잠시 머물렀던 소중한 경험이다. 첫 곡이라서, 친구와 함께 만들어서, 이걸로 돈을 벌겠다는 목표 의식이 없어서 느낄 수 있었던 감정들. 살면서 단 한 번 가질 수 있는 그것.

내가 따로 가사를 완성한 뒤 대망의 녹음 날이 됐다. 이날의 관건은 A가 작업실에 오지 않는 시간에 맞춰 녹음을 완성하는 것. 다시 한번 시외버스를 타고 둘의 작업실에 도착했다. 친구는 우리의 작업을 비밀로 하기 위해 작업 파일을 작업실 컴퓨터에 저장하지 않고 외장하드에 저장하는 정성까지 발휘했다. 지하의 작업실에서 서로의 노래를 디렉팅하며(정확히는 작업 경험이 더 많은 친구가 대부분의 디렉팅을 맡았지만) 녹음을 마치고 가믹싱이 된 곡을 들었을 때, 나는 너무 기뻐서 세 번쯤 텀블링을 할 수도 있을 것 같았다. 바다가, 제주 바다가 거기에 있었다.

29

제목을 〈해안길〉로 하느냐 〈Seaside〉로 하느냐
를 두고 논쟁하다가 결국 〈Seaside(해안길)〉이 된 그
곡을 친구의 페이스북 페이지와 나의 네이버 블로그
를 통해 같은 날 공개했다. 완벽하게 녹음된 곡은 아
니었지만 데모 정도로도 좋았다. 곡도, 가사도, 목소
리도, 있어야 할 자리에 있다는 느낌이 들었다. 주변
사람들의 반응도 무척 열광적이었다. 물론 제일 열광
적이었던 건 A의 반응이다. A는 너네가 어떻게 나한
테 이럴 수가 있냐고 약간의 화를 내면서도, 곡이 너
무 좋다며 엄청나게 좋아했다. 자신의 친한 친구들이
함께 이런 곡을 만들었다는 걸 자랑스러워하는 것처
럼 보이기도 했다. 보람과 놀라움과 배신감과 뿌듯함
그 어딘가에서 흥분한 A의 반응을 보는 것은 나와 B
모두에게 행복한 일이었다(충격이 컸던 모양인지 A는
그 뒤로도 몇 년 동안 이 일을 언급했다).

분명히 이 곡의 청량함은 내가 제주에 갔던 마음
과는 반대되는 무엇이었지만, 또 제주는 어쩌면 이 여
행 속에서 일방적으로 대상화된 장소였을 수 있겠지
만, 제주 여행의 마법이 없었다면 이 곡은 탄생할 수
없었을 것이다. 여기에는 바다가 있었고 기타를 치는
사람들이 있었고 나를 격려해 준 마음이 있었다. 나와

기꺼이 작업을 함께해 준 친구의 환대가 있었고 바쁜 일정 속에서도 서로를 실망시키지 않는 성실이 있었다. 이 곡 속에서 나는 조금도 이방인이 아니었다. 첫 노래를 이렇게 만들 수 있었던 것은 큰 행운이라고 지금도 믿는다. 이제는 음악을 만들지 않지만, 이 기억만은 오래도록 나의 곁을 지킬 것임을 나는 어렵지 않게 예감할 수 있다.

김겨울

작가 겸 유튜버. 『책의 말들』을 비롯한 몇 권의 책을 썼고 유튜브 채널 '겨울서점'을 운영하고 있다. MBC 표준 FM '라디오 북클럽 김겨울입니다'의 진행을 맡고 있다. 여러 매체에 다양한 글을 기고한다.

31

지금도 꺼지지 않는, 오래전의 붐!

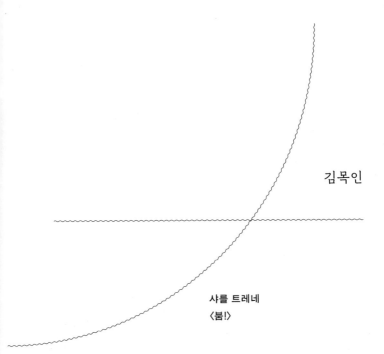

김목인

샤를 트레네
〈붐!〉

○

샤를 트레네(Charles Trenet)의 〈붐 Boum!〉⑥이라
는 곡은 지금도 내가 좋아하는 여러 요소들이 집약된
곡이다. 스윙 리듬과 아이러니한 유머, 정교한 오케스
트레이션과 동요 같은 멜로디가 그 짧은 한 곡에 씨앗
처럼 압축되어 있다. 그러나 모든 처음이 그렇듯 오
래전 들었던 〈붐!〉은 그 전부가 뒤섞인 채 그저 활활
타는 불꽃처럼 내게 전해졌다. 그 곡과의 만남을 생
각하면 이런 느낌이다. 필름이 거꾸로 감기며 시간이
1990년대의 어느 오후로 옮겨가고, 비디오를 보고 있
는 내가 보인다. 영화는 슬프고 노래는 신나는데, 문

34

⑥ '쾅, 쿵'이라는 뜻.

득 마음속의 무언가가 움직인다. 유년 시절 내내 움직이지 않던 무언가가.

f

그 영화는 중학교 때 비디오로 본 〈토토의 천국〉(1991)이라는 작품이었다. 비디오 대여점 시대가 저물며 이상하게 찾기 힘들어졌지만, 난 이 영화를 언제나 베스트로 추천하곤 했다. 사람들은 이렇게 되물었다. "혹시 〈시네마 천국〉 아니야?" 그렇게 물을 만도 했다. 〈시네마 천국〉의 주인공 이름도 토토였기 때문이다. 더구나 〈토토의 천국〉 속 친구 이름인 알프레드도 〈시네마 천국〉의 영사기사 알프레도 할아버지와 비슷했다. 3년 차이로 개봉한데다 양쪽 제목에 '천국'이 들어가 있으니 헷갈리는 것도 당연했는데, 훗날 알고 보니 이 영화의 원제는 〈Toto Le Héros, 영웅 토토〉였다. 어느 마케터나 번역가가 이 제목으로는 흥행이 힘들다고 판단해 〈시네마 천국〉의 힘을 빌렸던 게 아니었을까?

　〈토토의 천국〉은 내가 좋아하는 취향들이 균형 있게 담긴 작품이었다. 당시 많이 소개되던 예술영화

들처럼 난해하지 않으면서도 깊이가 있었고, 마술적이면서 사실적이었다. 또 드라마의 감동과 누아르의 힙한 느낌이 합쳐져 있었다. 그러나 무엇보다 그 영화는 그 시기의 내게 이렇게 얘기하는 것처럼 느껴졌다. '자, 봐봐. 인생은 이런 거야'.

영화는 행복했던 어린 시절을 한꺼번에 빼앗겼던 소년 토토가 노년기에 복수 여행을 떠나는 내용이다. 아버지에 이어 누나마저 사고로 잃은 뒤, 토토는 인생의 굴곡마다 등장했던 부잣집 아들 알프레드가 자신의 행복을 가져간 것이라 믿는다. 결국 그는 권총을 들고 요양원을 빠져나온다. 노을이 지고, 휑한 들판을 달리는 차 뒷좌석에서 돌이키는 덧없는 과거. 10대의 정서에는 그런 조숙한 면이 있는 걸까. 어찌 보면 다소 우울한 그 스토리 라인이 당시의 내 마음에는 쏙 들어왔다. 그리고 그때 경쾌하게 흘러나오던 곡이 〈붐!〉이었다.

f

이 경쾌한 스윙곡은 영화 속 가장 해맑은 순간부터 가슴 아픈 순간까지 여러 번 다른 뉘앙스로 등장한다.

36

내게 강렬했던 것은 해 질 녘 외곽도로에서 앞서가던 트럭의 화물칸이 무대로 뒤바뀌며 어린 시절의 행복이 되살아나는 장면이다. 노인 토토는 운전석에 앉아 오래전 세상을 떠난 아빠와 누나가 거실에서 흥겹게 연주하는 환각을 응시하고, 노래〈붐!〉이 그의 과거와 현재를 하나로 뒤섞어버린다. 아직 샤를 트레네를 몰랐던 나는 그 흥겹고도 먹먹한 노래가 그 배우들의 실제 연주인 줄로만 알았다. 그렇게 멍하니 빠져들었다.

인터넷이 있던 시대였다면 영화를 보자마자 검색해〈붐!〉이 샤를 트레네라는 샹송 가수의 1938년 히트작이라는 것을 확인했을 것이다. 그러나 그때의 최선은 노래의 인상과 멜로디를 마음에 최대한 오래 담아두는 것뿐이었다. 그렇게 하면 천천히 이런저런 계기로 노래와의 인연이 이어졌다. 나치가 프랑스를 점령하기 1년 전, 그만큼 까마득한 시대의 고전이었던 이 스윙곡은 그렇게 나에게 뒤늦게, 천천히 재발견되었다.

한번은 대학 동아리에서 프랑수아 트뤼포 감독의 영화를 보다가 트레네를 발견하기도 했다. 나는〈훔친 키스〉의 도입부부터 흐르는 사운드와 목소리가 익숙하고 심상치 않다는 것을 느꼈다. 팝과 재즈에서〈아이 위시 유 러브 I Wish You Love〉라는 제목으로 즐겨 들었던 그 익숙한 멜로디는 훨씬 고풍스럽고 우아한 오케스트라로 반주되고 있었다. 나는 그 곡〈끄 레스띨 드 노 자모르 Que-reste-il de nos amours?, 우리의 사랑에 무엇이 남아있나요?〉가 미국에서〈아이 위시 유 러브〉로 번안되었던 샤를 트레네의 원곡임을 알게 되었다. 더 나아가 '훔친 키스'라는 영화 제목도 그 곡의 가사에서 빌려왔다는 것,〈포켓 머니〉등 트뤼포의 다른 작품에도 트레네의 곡이 쓰였다는 것도 알게 되었다. 내 안에서 트레네의 위상은 그런 식으로 조금씩 더 올라갔다. '프랑수아 트뤼포도 샤를 트레네를 좋아했었다니. 내 선택이 괜찮았는걸' 하는 식으로 말이다.

60여 년이 지나 트레네를 듣게 된 한국의 리스너에게는 그의 모든 곡이 좋았다. 온갖 자료를 뒤져 이 음악가의 MP3들을 모았고, 몇 년 뒤 프랑스에 계신 이모가 두 장으로 된 베스트 CD를 선물로 보내주셨을 때는 이미 수록곡을 다 들어본 상태였다.

솔직히 트레네의 음악은 옛 시절의 가수들이 그렇듯 무수한 곡들을 비슷비슷한 사운드로 들려준다. 군악대 같은 오케스트라가 넘실대듯 전주를 시작하면 트레네의 익살스러운 보컬이 등장한다. 멜로디는 세상 걱정이라고는 없는 듯 달콤하고, 소위 음악 잘하던 사람만 음악을 하던 시대라서인지 연주도 편곡도 완벽하다. 가끔씩 템포를 늦추며 한없이 로맨틱한 장면들을 보여주지만 가수는 금방 또 들썩이는 스윙 리듬 위를 날아다닌다.

난 그 모든 게 좋았다. 세련된 화음과 한사람처럼 움직이는 빅밴드는 완벽했다. 그러나 내가 속한 1990년대는 빅밴드의 시대도, 스윙의 시대도 아니었다. 보통 취향이란 비슷한 음악들과의 비교 속에서 정교해진다. 난 동 세대의 음악들에서도, 한창 듣던 팝의 고전들에서도 트레네와 같은 음악을 들어본 적이 없었다. 그렇게 〈붐!〉은 '그저 뭔지 모르게 좋은' 취향으로 내 안에 섬처럼 머물러 있었다.

f

1990년대 후반, 아버지가 돌아가시고 영화에의 꿈도 좌절되고, 시나리오나 평론을 쓰겠다며 방에 머물던 내게 음악은 몇 안 되는 위안이었다. 결국, 리스너로서 음악을 좋아했던 나는 다른 음악 좋아하는 친구들과 밴드를 결성하게 되었다. 그리고 90년대 후반 홍대 앞의 분위기라는 것에 이끌려 졸지에 음악을 업으로 삼게 되었다. 난 망원동의 한 인디 레이블 작업실에 머물며 무대에 서는 진짜 음악가들이 던져주는 더 다양한 음악들을 듣게 되었다.

아직은 스트리밍으로 전 세계의 음악을 듣는 시대가 아니었기에 누군가 낯선 음악들(주로 오래된 희귀 음반이나 월드뮤직)을 작업실에 틀면 다들 모여 분석하듯 듣곤 했다. 그때 좋아하게 된 뮤지션 중 한 명이 전설의 기타리스트 장고 라인하르트(Django Reinhardt)였다. 내 취향은 혹시 1930년대였을까? 하필이면 그 역시 트레네만큼이나 옛날 사람이었다.

내가 어떤 음악을 장기간 좋아하게 되는 방식은 보통 그랬다. 물론 음악사에서 명반이고 거장이라 다들 감탄하고 좋아하지만 이내 객석에서 하나둘 자리를 뜨는 것이다. 세상에는 좋은 음악이 워낙 많고 동세대의 음악들도 계속 쏟아지니까. 그런데도 나는 왜인지 항상 혼자 남아 옛 거장의 진면목을 곱씹으며 오래오래 감탄하는 쪽이었다.

나는 샤를 트레네 저리 가라 할 만큼 옛사람들인 장고 라인하르트나 패츠 월러(Fats Waller) 등을 들

40

으며 내가 '오래된 스윙'을 좋아한다는 걸 명확히 알게 되었다. 리듬이나 화성 등 스타일도 좋았지만 그 시대의 음악에는 한껏 끌어올린 여유와 경쾌함이 있었다. 기교에 가까운 연주에도 미소가 담겨 있었고, 화음 역시 근사했다. 그 근사한 화음들이 어디가 아쉬워 음악이 계속 진화했는지 의아할 정도였다.

그러면서 나는 스윙이라는 좀 더 뚜렷한 계보 안에서 트레네를 다시 보게 되었다. 그의 음악이 2차대전 무렵 프랑스에 재즈가 전해지며 탄생한 스타일에 속한다는 것, 역시 집시 기타리스트로서 스윙을 받아들인 장고 라인하르트도 샤를 트레네의 녹음에 참여한 적이 있다는 것도 알게 되었다. 클래식과 샹송의 전통 때문에 미국의 재즈와는 또 다른 감성이 스며있었다는 것, 에디트 피아프(Edith Piaf)는 트레네와 동 세대이지만 스윙을 하진 않았다는 것 등등을 배워나갔다.

그러나 이 취향들을 깊게 공유할 상대는 많지 않았다. 나는 트레네를 좋아하지만, 트레네처럼 연주할 일은 없는 음악가로 2010년대를 보냈다. 밴드와 연주하러 다니며 음반을 냈고, 혼자 활동한 뒤부터는 포크 싱어송라이터로서 곡들을 써나갔다. 가끔 기타 반

41

주로 〈붐!〉을 흥얼거려 보거나 밴드에서 연주 버전으로 연습해 보기는 했다. 그러나 그 모든 건 트레네의 〈붐!〉과 전혀 비슷하지가 않았다.

ƒ

내 관심은 아무래도 좀 끈질긴 면이 있었던 것 같다. 유튜브 시대가 오자 나는 트레네의 연주 영상이 있는지 검색해 보았다. 공연 실황부터 흑백 필름으로 찍은 뮤비까지 과거가 신세계처럼 펼쳐졌다. 그중 하나에 그가 응접실 같은 곳에 앉아 기타 반주로만 노래하는 장면이 있었다.

　한 연주자가 무뚝뚝한 무표정으로 기타 리듬을 넣는데, 그가 저 유명한 조르주 브라상스(George Brassens)였다. 마침 시중에 브라상스의 전기인 『샹송을 찾아서』가 나와 있어 나는 그의 위대함에 대해, 또 트레네와의 관계에 대해 알게 되었다. 샤를 트레네는 브라상스가 데뷔 전부터 동경하던 음악가였고 재즈에 대한 애정과 시적인 가사의 전통을 공유하고 있었다. 반면 다른 점이 있다면 브라상스는 기타 한 대, 혹은 더블베이스와 간소하게 연주했다는 것. 당시 브

지금도 꺼지지 않는, 오래전의 붐!

라상스 같은 샹송의 음유시인들이 기타 한 대를 쓴 것은 주로 카바레처럼 작은 무대에서 공연을 시작했기 때문이라고 한다. 샤를 트레네 같은 정통 뮤직홀 가수들이 오케스트라 반주에 맞춰 무대를 이쪽부터 저쪽까지 휘젓고 다닌 반면, 다음 세대인 브라상스는 작은 무대에 멀뚱히 앉아 공들인 가사 하나로 청중을 움직였다. 트레네와 스윙을 좋아했지만 그다지 역동적이거나 외향적인 성격은 아니었던 내게 브라상스는 또 다른 발견이었다.

내 솔로 음반 작업을 함께 해온 프로듀서는 나의 포크송들이 한국적인 포크도 아니고, 그렇다고 미국의 포크도 아닌 것 같다고 했다. 그럴만했다. 나는 포크 음악을 듣고 자란 것도, 그 스타일을 지향한 것도 아니었다. 그저 피아노와 스윙 음악을 흠모하던 리스너로서 기타를 들고 곡을 썼던 것이다.

뒤늦게 알게 된 브라상스야말로 그것이 전혀 이상한 게 아니라고 내게 말해주는 존재였다. 기타로 스윙 리듬을 치며 풍자적인 가사를 읊조리던 음악가가 이미 있었다는 것은 든든한 계보처럼 다가왔다. 나는 열심히 브라상스를 들었고, 〈열정의 디자이너에게〉라는 곡을 녹음할 때는 최대한 브라상스처럼 들리길 바라며 녹음했다. 그러나 기타 한 대로 연주하는 것이 나의 궁극적 로망은 아니었다. 내게는 언제나 악기들의 앙상블과 풍성한 화음에 대한 동경이 있었기 때문이다.

운 좋게도 나는 재즈 기타를 연주하는 싱어송라이터 한 명과 바이올린 연주자를 만나 '집시 스윙' 스타일 밴드를 하게 되었다. 장고 라인하르트 스타일의 밴드였다. 재즈를 정식으로 공부하진 않았지만 장고만큼은 열심히 들었던 나는 드디어 스윙 리듬의 스트로크를 맡게 되었다. 그때 결성한 '집시앤피쉬 오케스트라(Gipsy and Fish Orchestra)'는 장고 라인하르트와 패츠 월러의 곡, 트레네의 〈메닐몽땅 Ménilmontant〉을 연주했다. 게다가 내 개인 음반에 〈그게 다 외로워서래〉나 〈말투의 가시〉 같은 스윙 리듬의 곡들을 수록할 자신감을 주었다.

그렇게 나는 혼자 오랫동안 '샤를 트레네 학교'를 다니며 스윙도 배우고 화성 감각도 익히고, '오케스트라가 없는 학생을 위한 브라상스 교실', '집시 스윙 교실'도 수강했다. 드디어 서서히 트레네로부터 졸업할 시간이었다.

나는 지금도 샤를 트레네를 좋아한다. 그러나 예전처럼 그 안에 모든 것이 있는 것처럼 느껴지지는 않는다. 어쩌면 그의 노래 제목처럼 '우리의 사랑에 무엇이 남아있나요?'가 지금에 더 어울리는지도 모르겠다. 그러나 나는 오래전 〈붐!〉과 함께 내게 들어와 오래오래 타올랐던 무언가가 무엇이었는지 조금은 더 잘 알게 되었다.

영화의 주인공 토토에게 그랬듯, 내게도 그 경쾌한 스윙곡은 '행복했던 시절의 마지막 상징'이 아니었을까. 너무 경쾌해 미키마우스 만화처럼 느껴지던 리듬과 노래. 〈붐!〉의 사운드가 해맑은 만큼 거기에는 유년 시절이 그렇게 계속되지 않으리라는 진실, 인생은 원래 그런 거라는 쓸쓸한 진실이 스며있었다. 다소 숫기 없고, 조용했던 나는 10대 이후 누구나 경험하는 상실들을 하나하나 경험하며 그 스윙 리듬을 간직했다. 오래오래 끈기 있게 음미하고 재발견하면서. 정신이 형성되는 두 번째의 시기라는 10대의 어느 날 그 짧은 곡은 '붐!' 하며 내게 들어왔다. 그 뒤로 무수한 것들을 내게 알려주었고, 지금도 내 저변에서 무한한 스윙 리듬으로 계속 연주되고 있다.

김목인

밴드 '캐비넷 싱얼롱즈'로 데뷔해, 현재는 자신의 이름으로, 음악극
'집시의 테이블' 멤버로 활동하고 있다. 《음악가 자신의 노래》,
《한 다발의 시선》, 《콜라보 씨의 일일》 등의 앨범을 발표했고, 책에 대한
애정으로 글쓰기와 번역도 병행해왔다. 『직업으로서의 음악가』, 『음악가
김목인의 걸어 다니는 수첩』 등을 썼고, 『다르마 행려』, 『지상에서
우리는 잠시 매혹적이다』, 『스위스의 고양이 사다리』 등을 옮겼다.

지금도 꺼지지 않는, 오래전의 불!

링고의 정원

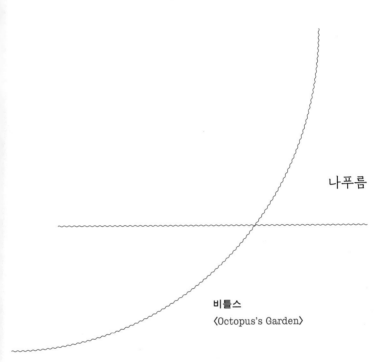

나푸름

비틀스
〈Octopus's Garden〉

○

1968년《더 비틀스 The Beatles》제작 당시, 밴드 내의 불화는 점차 고조되고 있었다. 존 레넌과 폴 매카트니의 갈등은 눈에 띄게 격렬해졌고, 요코 오노의 등장 이후 조지 해리슨과 존 레넌 사이에도 잡음이 일었다. 그렇게 모두가 날이 선 상황에서 앨범을 녹음하던 중, 폴 매카트니가 링고 스타의 드럼 연주를 지적하는 사건이 발생한다. 자존심에 상처 입은 링고 스타는 비틀스 탈퇴를 통보하고 이탈리아로 가족 여행을 떠난다.

사르데냐섬에 도착한 링고 스타와 그의 가족은 배우 피터 셀러스의 요트를 빌린다. 배는 바다를 가로

지르고 선장은 그와 함께 갑판에 앉아 문어의 습성에 대해 말한다. 문어가 해저에 있는 빛나는 돌이나 버려진 깡통, 빈 병을 모아다 제 동굴 앞을 마치 정원처럼 꾸민다는 이야기였다. 링고 스타는 훗날 인터뷰에서 당시 자신이 바닷속으로 들어가고 싶은 심정이었기에 그 이야기가 무척 인상적이었다고 언급한다. 이후 비틀스에 복귀한 링고 스타는 조지 해리슨의 도움을 받아 〈Octopus's Garden〉을 완성하고, 노래는 《애비 로드 Abbey Road》에 수록되었다.

내가 〈Octopus's Garden〉과 마주친 건 그로부터 약 40년 후에 개봉한 영화 〈500일의 썸머〉에서이다. 주인공 톰은 썸머와의 데이트 중 경악한다. 조금 이상하면서도 사랑스러운 썸머가 비틀스 중 가장 좋아하는 사람이 링고 스타라고 했기 때문이다. 존 레넌도, 폴 매카트니도, 조지 해리슨도 아닌 링고 스타라니! 톰은 링고 스타를 좋아하는 사람은 아무도 없다며 웃는다. 썸머는 말한다. 〈Octopus's Garden〉은 비틀스 노래 중 최고이며, 누구도 링고 스타를 좋아하지 않기에 좋아하는 거라고. 톰은 영화 내내 링고 스타를 좋아하는 썸머를 놀린다. 사귀는 와중에도, 헤어지고 난 후에도 말이다. 영화에서 링고 스타는 톰이 이해하지 못하는 썸머의 취향을 상징하나 사실 톰이 이해하지 못하는 건 썸머 자체이기도 하다.

나는 영화를 보고 난 후에도 링고의 음악을 찾아 듣지 않았다. 영화의 주인공은 톰이었고, 이 영화는 톰이 썸머와의 미숙한 연애에 완전히 실패한 뒤 운명의 상대인 어텀과 만나게 되는 이야기였기 때문이다. 그때만 해도 영화에서 논란이 된 부분은 그들의 연애 실패의 책임이 둘 중 누구에게 있냐는 것이었다. 사랑을 믿지 않은 썸머? 아니면 썸머를 운명이라 여겼던 톰? 둘의 관계가 누구의 책임이었든, 내가 링고의 음악과 다시 한번 만나게 된 것은 몇 년 뒤 연인과 함께 했던 쿠바 여행에서였다.

지금이야 인터넷 카드를 흔히 구할 수 있다고 하나 내가 방문했던 시기의 쿠바는 인터넷이 무척 귀했다. 미국과 쿠바 간의 국교 정상화가 이루어지기 전이었고, 쿠바의 인터넷 보급률은 2013년까지 3.4%에 불과해서 와이파이는 시내의 몇몇 관광호텔 로비에서나 가끔 잡히는 정도였다. 자유롭게 연락할 수 없다는 건 위험한 상황이 벌어져도 도움을 청할 수 없다는 걸 의미했지만 나는 크게 걱정하지 않았다. 내 옆에는 B가 있었고, 여행할 지역에 대해 잘 모른다는 건 닥쳐올 위험에 대해서도 제대로 인식하지 못하고 있다는 걸 뜻했다.

당시 내가 쿠바에 대해 아는 거라곤《부에나 비스타 소셜 클럽》과 피델 카스트로, 사회주의와 헤밍웨이 그리고 론리플래닛에서 설명하는 2011년의 쿠바 정도였다. 실패한 체제와 재즈의 조합은 여행자들에게 두렵기보다 기묘한 매력처럼 비쳤다. 토론토의 부유한 캐나다인들은 추운 겨울이 되면 쿠바의 리조트를 겨울 별장처럼 활용했고, 실제로 우리가 머물렀던 바라데로의 한 리조트는 프라이빗 비치와 선베드, 현지인보다 많은 수의 백인 관광객들로 가득했다.

생각해 보면 여행 중 B와 나의 사이가 가장 좋았던 곳 또한 그 리조트였다. 우리는 수영을 하고 낮잠을 잤으며 칵테일을 마시고 산책을 했다. 갈등 없이 안전한 공간에서 우리는 곧 지루해졌고 그곳에서의 이틀이 지나기도 전에 한 달간의 자유여행을 손꼽아 기다렸다. 새로움으로 가득할 그곳에서, 인터넷의 부재로 당분간 업데이트되지 않을 나의 가난한 플레이리스트는 분명 걱정거리가 아니었다.

그러나 이제부터 내가 할 이야기는 그 문제의 플

레이리스트와도 연관된다. 쿠바의 광장과 식당, 재즈 클럽을 선회하는 낯선 음악들과 달리 내 플레이리스트에는 오로지 비틀스만이 있었다.《러버 소울 Rubber Soul》에서《리볼버 Revolver》,《더 비틀스》와《애비 로드》로 이어지는 황금기의 비틀스 음악은 분명 버릴 부분이 없다. 문제는 '비틀스도' 있었던 게 아니라 '비틀스뿐'이었던 것에서 비롯되었다.

비틀스가 본격적으로 B와 나 사이에 끼어들기 시작한 건 우리가 낯선 도시에 지쳐가면서부터였다. 사람들은 길을 묻는 데도 대가를 요구했고 사기꾼들은 정말이지 도처에 있었다. 일주일이 지나자 길에서 누군가 다가오기라도 하면 더럭 겁부터 날 지경이었다. 기본적인 친절에도 값을 매길 수 있게 되면서, 우리는 서로에 대한 배려를 아꼈다. 나는 귀에 이어폰을 꽂았고 B는 그런 나를 방치했다. 우리는 침묵하는 방법으로 싸웠는데, 그건 서로에게 소리를 지르고 뾰족한 말을 하는 것보다도 상황을 악화시켰다.

여행은 극단적인 방법으로 서로의 단점을 들췄다. 가령 나의 급한 성격이나 B의 우유부단함 같은 것들. 평소에는 드러나지 않고, 드러나더라도 쉽게 무시할 수 있었던 단점들이 마치 커다란 흠결이라도 되는 양 존재감을 내비쳤다. 도시에서 도시로 이동할 때마다 비틀스의 음악을 들었고 이별에 대해 생각했다. 〈Something〉과 〈Here Comes the Sun〉이 차례로 흘러나왔다. 프랭크 시나트라는 〈Something〉이 지난 50년 사이 최고의 사랑 노래라며 극찬했다는데, 나는 어쩐지 조지 해리슨의 "모르겠어요!"라는 외침만이 귀에 박혀왔다. 마음은 제멋대로 부풀어 올랐다. 그 안에서 이별은 이제 당장이라도 일어날 수 있는 일처럼 보였다. 나는 무슨 말이라도 해야 한다는 걸 알면서도 말하지 않는 쪽을 택했고, 그건 B도 마찬가지였다. 음악은 지치지도 않고 흘러갔다.

트리니다드에 도착하고 우리는 하루에 세 번 바다에 잠수하며 시간을 보냈다. 바닷속은 소리 없이 먹먹했고 살아 있는 모든 것들은 움직였다. 붉고 하얀 산호와 끊임없이 헤엄치는 바닷물고기들, 오래전에 침몰한 거대한 함선과 해저의 절벽은 푸르게 차가운 바닷속에서 무섭게 아름다웠다. 그 안에서 지내는 시간이 익숙해질수록 바깥에서보다 외로움을 탔다. 주변은 샐 틈 없이 가득 차 있었지만 텅 비어있는 것과 다름없었다. 나는 경이로운 광경을 혼자 보는 기분에서 벗어날 수 없었다. 그 모든 아름다움을 B와 함께 경험하기 위해 그곳에 갔지만 우리는 어쩐지 여행 전보다도 멀어져 있었다. B를 바라보았다. B가 내 쪽을 보자 나는 저도 모르게 고개를 돌렸다.

아침마다 선크림을 발라도 피부색은 점차 어두워졌다. 어김없는 세 번의 잠수 이후, 우리는 뭍으로 돌아왔다. 간이 샤워실에서 간단히 몸을 씻고 옷을 갈아입었다. 다이빙 숍이 속해있는 리조트 해변을 따라 B와 함께 걸었다. 선베드에 누워 칵테일이나 버거 따위를 먹고 긴 낮잠을 자는 관광객들을 보았다. 그건 수주 전 우리의 모습이기도 했다. 트리니다드에서 우리는 리조트 밖 숙소에 묵었다. 택시가 올 때까지 주차장 앞에서 기다리기로 했다. 모래가 묻은 다리를 손으로 털었다. 젖은 모래는 쉽게 떨어지지 않았다. 해변과 가깝게 설치된 흔들의자에 앉았다. B는 택시가 올 방향을 보고 섰다. 나는 B에게 말을 걸고 싶었지만 이제는 무슨 말을 꺼내야 할지도 몰랐다.

흔들의자에 앉아 오른쪽을 바라보면 바다가 보였다. 태양은 어느새 바닷속으로 사라져가고 있었다. 햇볕이 더는 따갑지 않았다. 따끈따끈해진 몸은 이제 거의 말라 모래를 털어내기 좋았다. 모래에서 바삭한 냄

새가 났다. 머리카락은 여전히 축축했지만 차갑기보다 미지근했다. 나는 몸을 등받이에 기대고 습관처럼 음악을 들었다. 플레이리스트에는 여전히 비틀스 노래뿐이었다. 그러니까, 그때 〈Octopus's Garden〉이 나온 것은 우연이라기보다 정해진 순서 같은 거였다.

B는 맞은편에서 잠시 머뭇거리다 내 쪽으로 자리를 옮겼다. 우리는 이어폰을 한쪽씩 나눠 끼고 함께 음악을 들었다. 살과 살이 맞닿았다. B의 팔은 여전히 희었으나 군데군데 붉게 익어 있었다. 오지 않는 택시를 기다리며, 나는 그 시간이 한정되어 있다는 걸 알았다. 금방이라도 끝이 날 것만 같은 순간에 B가 링고의 노래를 따라불렀다. 몇 번이나 반복해 듣던 플레이리스트였지만 이상하게도 〈Octopus's Garden〉을 제대로 들어본 건 그때가 처음이었다. 그럼에도 나는 곧 링고의 노래가 그 시간 안의 우리와 아주 잘 맞는다고 생각했다.

폭풍이 부는 바깥과 상관없이 고요하고 따듯한 바닷속 문어의 정원을 떠올린다. 맨들맨들한 조약돌과 햇빛이 스민 유리 조각을, 바다를 베고 누워 노래를 부르고 춤을 추는 사람들을 상상한다. 그들은 아무도 우리를 찾을 수 없다고, 그러니 우리는 모두 이곳

57

에서 행복하고 안전할 거라고 믿는다. 그때의 순간이 아주 오래도록 기억에 남으리라 여겼다. 어쩌면 조금 왜곡된 형태로, 보다 좋게 혹은 그에 비하지는 못하게 말이다. 그건 사실이었다. 눈이 마주치고 우리는 곧 웃어버렸다. 아마 노래 때문이었던 것 같다.

　　그로부터 2주 후, B와 나는 집으로 돌아왔고 우리는 반년 뒤에 헤어졌다. 그때를 생각하면 아직도 조금 이상한 기분이다. 기억의 가장자리는 부스러지고 가장 나빴던 시간과 좋았던 시간만이 체로 걸러진 듯 선명하게 남아 있다. B와 나는 5일간 그 해변을 찾았지만 함께 아름다웠던 순간은 그때가 처음이었다.

1969년 9월 20일, 존 레넌은 멤버들에게 팀을 떠날 것을 밝힌다. 그로부터 6일 뒤 《애비 로드》가 공개되고, 비틀스는 잠정적인 해체 수순을 밟는다.

　　다시 링고의 노래를 들으며, 뒤늦게 그의 정원에 대해 생각한다. 그는 고요하고 아름다운 바다 밑 공간을 상상하며 함께 안전하길 원했다. 나는 긴 시간 동안 B와 나의 이별이 그 여행에서부터 시작됐다고 여겼다. 내가 이별에 대해 떠올리는 사이, 어쩌면 B 또한 그랬으리라 믿으면서 말이다. 그러나 이제 와 생각해 보면 여행은 상관없었는지 모른다. 여행이 끝나면 B와 나는 서로 다른 나라에서 살아가야 했다. 우리의 생활과 미래는 각자 다른 곳을 향해 있었고, B와 나는 그 사실을 오래전부터 알고 있었다.

희망만을 말하는 가사는 어쩐지 현실성이 없다고 여겼다. 함께 행복하고 서로에게 영원한 사랑을 맹세하는, 그런 이야기 말이다. 하지만 그런 꿈들을 진짜라고 믿는 사람과 그렇지 않다는 걸 알면서도 소망하는 이의 마음은 다를 것이다. 고통과 슬픔, 갈등과 외로움에서 도망친 사람이 그 도피처 안에서도 혼자가 아닌 함께하는 이야기를 한다는 것은, 그럼에도 불구하고 희망을 놓지 않고 나아가는 사람들이 있음을 떠올리게 한다. B와 나는 단지 서로에게 그런 사람이 되어주지 못한 것뿐이었다.

그렇게 썸머가 가고 어텀이 찾아온다.

나푸름

2014년 경향신문 신춘문예로 등단했다. 소설집 『아직 살아 있습니다』가 있다. 사실 링고 스타보다 비틀스를 더 좋아한다.

언더그라운드의 언더그라운드

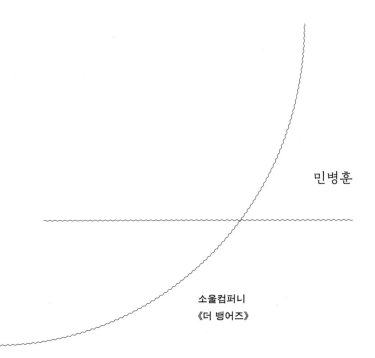

민병훈

소울컴퍼니
《더 뱅어즈》

○

유물은 미래의 시간에 대해 말한다. 몇몇 음들,
즉흥적으로 떠오르는 흐릿한 선율들은 우리 안에
어떤 "과거의 시간"이 현존하는지를 알려준다.⑦

f

스무 살 시절을 떠올리면 온통 하얗고 윤슬처럼 일렁
이는 기억뿐이다. 이제 막 성인이 된, 몸은 자랐지만
정신적으로는 중요한 무언가를 아무도 찾지 못하는
곳에 두고 온 것 같은 기억. 아버지가 세상을 떠나고,

62

⑦ 파스칼 키냐르, 『음악 혐오』, 프란츠, 2017.

우리 가족은 낯선 도시에서 새로운 생활을 시작했다. 만화방 야간 근무를 하며 라면을 수백 개 끓였고, 주유소에서는 새벽 공기를 피하기 위해 사무실 한편에 앉아 창문 너머 어둠이 내려앉은 도로를 바라봤다. 미래는커녕, 내일 하루가 어떻게 흘러갈지, 기대하지 않았고, 기다리지 않았다. 아직 발견되지 않은 무언가가 다른 시공간에 있을 거라는 감각. 코믹스 만화에나 나올 법한 상상을 하며, 아르바이트를 마친 뒤 창문으로 쏟아지는 햇빛을 등지며 잠들었다.

ƒ

지미 B-래빗이네.
그게 누구야?
8마일®에서 에미넴이 연기했던 주인공.
너네 집도 컨테이너였어?
월세였는데.

이 영화의 유명한 명대사. '꿈은 높은데 현실은 시궁창이야.' 나는 항상 이 말을, '현실도 시궁창인데 꿈이 더 시궁창이야'라고 바꿔서 생각했다.

63

® 영화 〈8마일〉, 감독 커티스 핸슨, 2003.

ƒ

대전 은행동에 '신나라레코드'라는 음반 숍이 있었다. 2020년 9월에 문을 닫았는데, 당시 그러니까 2005년에는 항상 사람들로 매장이 붐볐고 주말에는 발 디딜 틈이 없었다. 월급을 받고 돈이 남으면 매장 근처를 어슬렁거렸다. 누구의 앨범이 나왔고, 어떤 곡들로 앨범이 구성됐는지, 이미 몇 달 전부터 이걸 사야지 정했으면서, 심각하게 고민하는 척 쇼윈도에 붙은 앨범 포스터들을 구경했다. 섣불리 사지 못하고 발걸음을 돌릴 때 스치는 생각. 방 벽면마다 천장까지 CD를 쌓으면 어떤 기분일까. 나이키 백팩에 든 소니 CD플레이어가 앞뒤로 덜컹거렸고, 그런 순간에는 꼭 재생이 멈췄다. 카세트테이프처럼, 이러다 CD도 늘어지는 게 아닐까, 생각이 들 정도로 지겹게 들은 몇 장의 앨범들.

소울컴퍼니의 《더 뱅어즈 The Bangerz》도 그중 하나였다.

ƒ

병훈아, 래퍼가 되고 싶어?

그만….

그 시절 CD를 백 장 넘게 모으고, 매일 힙합 음악을 들었다는 이야기를 하면 대체로 반응이 비슷했다. 하지만 나는 알고 있다. 모두가 열병처럼 힙합 음악에 빠진 시절이 있다는 사실을…. 힙합이 요즘처럼 트렌디하지 않았던 시절, 각자 마음속에 품은 래퍼와 앨범이 있다는 사실을 말이다. 다들 아니라고 고개를 저었지만, 노래방에 가면 손을 머리 위로 올리고 '맥썸노이즈'를 외쳤다.

♪

한국 힙합의 시초는 누구일까요?
서태지와 아이들이죠.
현진영? 드렁큰타이거 아닌가요?
바로 홍서범입니다.

밴드 옥슨 80의 멤버였던 홍서범은 1989년《나는 당신께 사랑을 원하지 않았어요》를 발표하며 솔로로 데뷔한다. 그리고 이 앨범에 〈김삿갓〉이 수록돼 있다. 그렇다. 우리가 아는 그 김삿갓이다. 그의 이름이 무려 50번이나 반복된다. 이 곡은 한국어로 만들어진 최초의 랩곡이라는 평가를 받는다. 가사에서 랩적인 요소 즉 라임과 플로우가 형성되고 있으며, 실제로 당시 인터뷰를 통해 에어로스미스(Aerosmith)와 런디엠시(Run DMC)의 음악을 듣고 어떤 영감을 받았다고 밝힌다.

𝑓

스무 살에 대한 막연한 기대감이 있었다. 조금은 다른 세계가 펼쳐질 줄 알았다. 그 반대였다. 가족의 죽음은 구체적으로 구성됐던 세계를 전복시켰다. 추상적인 현실감을 갖고 방황했다. 어디를 방황하는지도 모른 채, 늦은 새벽까지 길을 걷고, 며칠이나 집을 비우며, 눈을 감으면 자고 눈을 뜨면 하루를 보냈다. 누군가가 밀지도, 어딘가로 끌려가지도 않은 날들. 나만 이런 걸까, 라는 생각. 아마도 그때 처음, 정확한 경로는 기억나지 않지만, 이 앨범을 들었다. 그리고 이전과는 전혀 다른 경험을 했다. 나는 이 앨범을 통해 음악이라는 장르를 인식했다. 음악에 기댈 수 있는 희미

한 자리, 그러니까 음악이, 그들의 가사가, 내 몸에 들어왔다가 어떤 장소로 가득 채워져서, 나를 머물게 하는구나, 라고 생각했다.

소울컴퍼니는 언더그라운드에서 활동했던 힙합 레이블로, 2000년 초기 MC메타의 힙합 강좌에서 모인 사람들로 결성됐다. 《더 뱅어즈》 앨범을 통해 본격적인 활동을 시작했고 고정된 뮤지션들을 유지하며 여러 새 멤버를 영입하기도 했다. 그들의 행보가 주목을 받았던 것은 공감대를 형성할 수 있는 가사와 감성적인 곡의 분위기로 10대와 20대의 팬층을 확보했기 때문이다. 이 팬들은 곧 힙합씬으로 유입되는 새로운 세대 교체의 전환점이 됐으며 힙합이 대중문화에 자리 잡는 결정적인 계기가 된다.

　　소울컴퍼니 소속 뮤지션 중 가장 많이 알려진 뮤지션은 아마 ―사람마다 다르겠지만― 더 콰이엇(The Quiett)일 것이다. 그는 소울컴퍼니의 메인 프로듀서로 활동 초기부터 주축 멤버로 활동했다. 2010년 그가 탈퇴 소식을 알렸을 때, 팬들은 아쉬움을 토로하며 힙합플레이야의 게시판에 여러 추측성 토론을 이어갔다. 내 기억으론 꽤나 오랜 시간 게시판을 점령

했던 사건이었다. 지금은 '쇼미더머니'를 통해 그를
볼 수 있다는 사실이 새삼 기쁘다. 그는 언젠가 어느
인터뷰에서, 다시는 그때의 음악을 하지 못할 거라고
말했다.

그들의 공연장에 직접 가보고 싶었던 적이 있었다. 당
시 사정으론 여의치가 않았다. 우선 서울에 가본 적
이 없었다. 서울은 큰 결심과 만반의 준비를 해야 갈
수 있는 장소처럼 느껴졌다. 공연 날짜에 맞춰 아르바
이트 휴무일을 조정하는 것도, 사장을 설득하는 것도,
생각만으로 피곤했다. 클럽이 있던 중구청과 둔산동
을 어슬렁거렸다. 대전에 있던 클럽에서는 그들을 부
르지 않았다. 좀 더 유명하고 소위 신나는 음악을 하
는 뮤지션들의 이름이 포스터에 붙어 있었다. 클럽 문
화 자체가 그랬던 것 같다. 더 이상 래퍼들을 필요로
하지 않았고 밤새 취해 놀 수 있는 자극적이고 화려한
공간으로 변질되고 있었다. 언더그라운드의 언더그라
운드. 혹시나 지방 공연이 잡히진 않을까 소식을 기다
렸다. 2011년 해체를 알리는 마지막 공연이 열릴 때
까지 여전히 CD와 화질 낮은 영상으로 그들의 음악을
접했다.

ƒ

꽤 오래전 이야기지만, 음반시장이 MP3로 전환되면
서, 물성으로의 음악을 향유하던 시절은 더 이상 오지
않을 것 같다. 마케팅의 일환으로 바이닐을 생산하는
경우도 더러 보이지만, 그 시절 진열대에서 포장지를
만지작거리던 느낌을 잊지 못한다. 나는 음악을 '갖
고' 싶었다. CD를 사서 집으로 돌아와 구석에 쌓아두
면 그날은 새벽 출근도 버겁지 않았다. 그 일련의 과
정들, 퇴근길 꽉 막힌 도로와 레코드숍의 부산스러움,
침대에 누워 CD플레이어의 재생 버튼을 누르는 순간
까지.

　그거 그냥 옛날 사람 아니야?
　맞아, 세상이 이렇게 발전했는데.
　잘 들어. 힙합은 디지털이야. 최첨단이라고.

가사에서 '플렉스(Flex)'를 하거나, 누군가를 향해 화
를 내면 —가끔은 그 대상이 정말 있긴 한 건지 궁금
하다. 헤이터(Hater)인지, 음악평론가인지, 아니면
자기 자신인지…. 듣기가 힘들다. 남의 돈 자랑이 처

69

음엔 재밌지만 계속 들으면 신자유주의 시대와 결탁한 계몽가 같고, 분노 표출의 가사 역시 이러다 나까지 화를 내야 할 것 같다. 외힙(외국힙합)을 잘 듣지 않는 이유도 여기에 있다. 욕설을 제외하면 무슨 소리인지 알 수가 없다. 그만큼 내게는, 힙합에서 가사가 중요하다. 가사로 만들어진 라임과 플로우는 곡이 끝날 때까지 일련의 과정을 거쳐 하나의 감정이 된다. 그리고 그 감정을 갖게 된다. 반복해서 듣는 이유는 그렇게 만들어진 감정을 음악으로 느끼기 위해서다.

물론 힙합에만 가능한 말이다. 나는 팝과 컨트리 음악, EDM도 좋아한다. 아니, 힙합을 제외하고 거의 모든 장르의 음악을 '편하게' 듣는다. 몇 년 전까지만 해도, 힙합씬의 새로운 앨범은 전부 찾아서 듣고 곧바로 플레이리스트에 추가했다. 하지만 어느 순간부터는 더 이상 예전만큼 열정적으로 듣지 않게 됐다. 나는 나도 모르는 사이에 그 시절에 들었던 비슷한 곡들을, 비슷한 감정들을 기대하고 있었는지도 모른다. 그런 일은 가능하지 않다. 친구의 말처럼, 세상이 이렇게 발전했는데. 나도 변했는데.

ƒ

《더 뱅어즈》의 18번 트랙 '아에이오우 어?!'는 모음을 이용한 가사로 라이밍된 단체곡이다. 여섯 개의 벌스(Verse)를 여섯 명의 뮤지션이 맡아 각각 'ㅏ', 'ㅔ(ㅐ)', 'ㅣ', 'ㅗ', 'ㅜ(ㅡ)', 'ㅓ' 계열의 모음 위주로 가사를 구성했다. 나는 이것이 문학적 음률과 크게 다르지 않다고 생각한다.

ƒ

다시는 돌아가고 싶지 않은 시절이 있다. 편집된 것처럼 통째로 사라진 시절. 그때 들었던 음악은 위로나 응원이 아닌, 그렇게 그 시절을 지나가도 된다는 수신호 같았다. 너 혼자만 그런 게 아니라는 일종의 대답 같은.

만화방에서 아침 청소를 할 때 카운터에 놓아둔 CD를 보고 누군가 말을 걸었다.

이거 좋죠.

71

내 또래처럼 보이는 사람이 요금을 내며 말했다. 우리는 더 이상 별다른 대화는 나누지 않았다. 나는 졸린 눈으로 책장을 정리했고, 그는 기지개를 켜며 만화방을 나섰다. CD플레이어가 고장 난 친구를 따라 전자상가에 갔다가 신제품을 보고 함께 그 자리에 오랜 시간 서 있었다. 가까운 누군가가 세상을 떠난 친구를 만나러 다른 친구들과 버스터미널에 모였다. 입대를 앞둔 친구와는 밤새 얘기했다. 멀리서 대학 입시를 다시 준비하던 친구가 원하던 대학에 붙었다는 소식을 들은 날에는 하루 종일 기분이 설렜다. 장마철 서해 바다에서 비를 맞으며 함께 수영했다. 나중에 함께 추억하자고 다짐하면서, 그렇게 가까워지거나 멀어진 사람들.

이제는 각자의 장소에서 각자의 음악을 들을 것이다.

언더그라운드의 언더그라운드에서.

민병훈

2015년 《문예중앙》에 「버티고(vertigo)」가 당선되며 작품 활동을
시작했다. 소설집 『재구성』이 있다.

동경

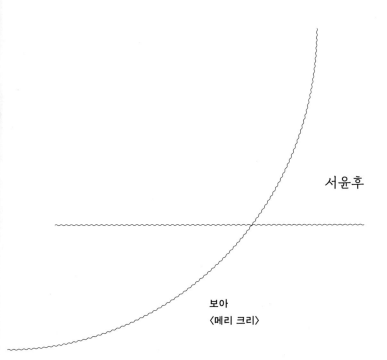

서윤후

보아
〈메리 크리〉

○

시절동경

시를 써오면서, 나는 어떤 어른이 되었는지 그런 막연한 질문 속에 사로잡혀 있을 때가 있었다. 아마도 지금의 나는, 유년 시절 홀로 있을 때의 모습에서 결정된 사람이라고 느껴졌다. 혼자 있다는 사실을 느끼고 싶지 않아 이야기가 있는 것을 찾아 읽거나 보곤 했다. 어디 가서 하지 못한 말들을 그림으로 그리거나 글로 적기도 했다. 지금 내가 시를 쓰는 이유도 그 시절에 기인한 것은 아닐까. 누군가를 붙잡고 얼마든지

76

자기 이야기를 하는 명랑한 아이였더라면, 남들 앞에 나서는 것을 좋아해 자기만의 은둔과 우정을 나누지 않았더라면, 아마도 나는 시를 쓰고 있지 않았을 것 같기에.

부모님이 스무 살이 되던 해에 나는 태어났다. 일찌감치 젊은 부모님이 듣는 노래나 영화와 친하게 지내곤 했는데, 특히 대학가요제에서 수상한 노래를 듣는 일은 내게도 큰 재미가 있었다. 그때부터 무언가를 흥얼거리며 따라 부르는 게 재미있다고 느꼈다. 트랙 리스트가 거의 다 벗겨져 가는 카세트테이프가 장난감보다 더 익숙했다. 맞벌이로 인해 집에 혼자 남겨지는 시간이 많았던 나는 바보상자와 짙은 우정을 나눌 수밖에 없는 환경에 있었다. 그때마다 자연스럽게 음악 방송을 챙겨봤다. 같은 장면 하나 없이 다채롭고, 무대 위에 많은 사람이 등장한다는 점에서 나의 눈길을 사로잡았다.

노래를 찾아 듣기 어려웠던 시절이어서, 중간고사나 기말고사를 끝내고는 친구들과 시내에 나가 '가요 리믹스' 같은 불법 복제 테이프를 사오곤 했다. 2번 트랙에 있는 H.O.T의 노래를 듣기 위해 되감기와 빨리 감기를 반복하다가, 1번 트랙의 조성모, 3번 트랙의 박상민 노래를 저절로 외우게 되던 그런 번거로운 시절이었다. 무대에서 서로 합을 맞춰 신나게 춤을 추고, 환호성 속에서 3분을 꽉 채우는 가수들을 보면 즐거웠다. 그들이 행복해 보였으니까. 조용하고 내성적이던 나는, 반대로 내가 할 수 없는 것을 바라보는 것이 좋았다. 그것이 내가 처음 느낀 동경이다.

모뎀 통신에서 ADSL 통신으로 넘어가며 인터넷이 보급되던 2000년대 초반, 친구들 사이에선 이메일을 주고받는 게 유행이었다. 특히, 이메일의 닉네임은 또 다른 정체성처럼 아주 중요한 것이었다. 그 당시 자신이 좋아하던 아이돌의 이름을 합성해 만드는 닉네임이 성행했는데 그때의 내 친구들을 소개하자면 '강타부인', '혜성마눌', '호영아나만봐', '민성커플'(신화 멤버인 민우와 혜성을 커플로 지칭하며 줄인 말) 등이 있었다. 서로 좋아하는 아이돌이 같으면 금방 친구가 될 수 있었다. 동경하는 방식이나 방향, 혹은 그 대상이 같다는 기쁨을 그때 처음 알았던 것 같다. 그러나 그때만 해도 내가 지금부터 이야기하려는 '보아'를 좋아하는 사람은 거의 없었다.

내가 보아라는 가수에게 처음 마음을 기울이게 된 것은 '게릴라 콘서트'라는 그 당시 인기 있던 예능 프로그램을 보고 난 후였다. 당일 거리 홍보로 5,000명의 관객을 동원해야 공연을 펼칠 수 있는 잔혹한 콘셉트의 예능 프로그램이었다. 경기도 안산 한복판, 개조해서 만든 조악한 트럭 뒤에 탄 보아가 확성기를 쥐고 홍보에 나섰다. 휑한 거리, 쌀쌀한 날씨 속에서 보아는 아랑곳하지 않고 서울 사투리를 쓰며 자신을 알렸다. 그때 나는 처음으로 간절함이라는 단어를 이해한 것 같다. 그는 꽤 절실해 보였고, 절박해 보였으니까. 그는 진행자의 질문에도 또박또박 대답했다. 내 또래의 아이가 나와 전혀 다른 세계에 살고 있다는 것이 신기하게 느껴졌다. 자신이 무엇을 하고 싶은지도 정확히 알고 있는 듯했다. 그렇게 꿈이나 희망처럼 거창한 단어가 잘 어울리는 사람은 처음이었다. 관념적이고 추상적인 개념에 대해 학습할 때마다, 나는 그것들을 구체적으로 기억하고 싶었다. 사랑이라고 말하지 않고, 말없이 목도리를 둘러주는 장면으로. 슬픔이라고 적지 않고, 눈물을 훔치다 젖어버린 옷소매로. 그

79

때 보아는 내게 구체적인 사람이었다.

수줍음이 많지만 단단하고 소신 있는 그의 모습에 사로잡힐 수밖에 없었다. 방구석에서 혼자 카세트테이프를 틀어놓고, 아빠의 골프채를 거꾸로 세워 잡은 뒤 립싱크를 하던 나에게는 너무나도 멋있는 모습이었으니까. 반에서 키가 가장 작았던 나는 작은 체구로 자신의 무대를 완벽히 소화해내는 그 모습마저 훌륭해 보였다. 홍보를 마친 보아는 안대를 벗으며 수많은 사람들의 환호를 받았다. 입장한 관객 수는 '12638', 보아는 그 자리에 주저앉아 펑펑 울었다. 그 모습을 보고 나 역시 함께 눈물을 흘렸다. 어떤 마음에 자연스레 동요되어 눈물을 흘릴 수 있다는 것이 신기했다. 나는 공연이 시작되고, 남몰래 따라 들었던 그의 노래를 열심히 흥얼거렸다. 보아는 인생의 마지막 무대에 선 것처럼 열창했다. 커다란 무대와 환호성에 호응하듯, 자신이 하고 싶은 것을 마음껏 보여주고 있었다.

게릴라 콘서트의 전광판 숫자 '12638'에 '1'을 더해보는 상상을 했다. 나도 저기에 있는 것 같았으니까, 비록 작지만, 내 하나를 보태어도 좋을 커다란 하나였으니까. 보아가 〈NO.1〉을 부르며 검지를 세워 하

80

에세이

늘을 향해 치켜드는 안무를 하면 관객들 모두 검지를 세워 '하나'를 가리켰다.

이 노래가 끝이 아니었으면

고교 비평준화 지역에서 중학교를 다닌 나는, 인문계 고등학교에 진학하기 위해 연합고사에서 높은 점수를 얻어야만 했다. 평균 커트라인 점수를 통과하지 못할 경우 원하지 않는 실업계 고등학교에 가야 했으므로, '미니 수능'이라 불리던 연합고사를 치열하게 준비할 수밖에 없었다. 그때 당시에 나는 어딘가에 대롱대롱 매달려 있는 기분을 떨칠 수 없었다. 매일 쫓기듯 도망쳐 오면 언제나 벼랑이 내 앞에 다가와 있었으니까. 공부가 싫었다기보단, 시험과 성적으로 판가름하는 사람들의 얄궂은 시선이나 판단이 무서웠다. 그래서인지, 연합고사가 끝나던 날엔 홀가분하기보단 우울했다. 예전 같았으면 친구들과 노래방에 가거나 신포우리만두 같은 곳에서 쫄면을 먹었을 테지만, 그날은 어쩐지 혼자 있고 싶었다. 모든 게 다 끝나버렸다는 허탈함과, 나의 한 시절이 막 내리고 있다는 생각이 들었다.

혼자서 집 근처에 있는 작은 레코드 가게에 들렀다. 소위 잘나가던 형, 누나들이 판을 치던 곳이어서 평소에는 오지 못했던 곳을 용기 내어 찾아갔다. 아무도 없는 한산한 레코드 가게에서 나는 막 나온 보아의 신보 《메리 크리》라는 시즌 앨범을 구매했다. 내 마음과 꼭 닮은 듯한 잿빛 하늘 풍경에 겨울이 다가왔음을 실감했다. 보아의 새 앨범과 함께 주던 브로마이드를 옆구리에 끼고 집으로 돌아가던 그 풍경이 잊히질 않는다. 그 풍경을 천천히 가로질러 걸어가면 내가 원하지 않는 세상이 펼쳐져 있을 것만 같아서였을까.

집에 돌아와 조심스럽게 카세트테이프를 둘러싸고 있던 비닐을 벗겼다. 엄마의 낡은 카세트플레이어에 넣고 재생 버튼을 눌렀을 때, 공테이프 돌아가는 소리가 잠시 들리더니 곧 마음을 쨍하게 울리는 맑고 청명한 종소리가 들렸다. 창밖은 여전히 아득하고 고요했다. 식탁 위에는 채점을 앞둔 시험지가 반쯤 남긴 도시락 통과 함께 있고, 나는 푹 꺼진 소파에 앉아 그의 노래를 오랫동안 반복해서 들었다. 성탄절 분위기의 노래였지만, 나는 한 시절이 끝나는 종소리와 다시 시작하는 종소리를 동시에 듣는 것만 같았다. 마음속으로 엉엉 울었다.

보아의 〈메리 크리〉는 희고 얇은 시험지를 넘기듯 그렇게 지나가버린 나의 학창 시절을 다 말해주는 노래다. 고등학생 때 시 쓰는 기쁨을 처음 느꼈던 나는, 2학년 겨울방학 때부터 전국 백일장을 다녔다. 나를 아무도 모르는 도시에서 게릴라 콘서트를 하듯이, 낯선 곳을 쫓아다녔다. 내가 쓴 시를 누군가 읽어줬으면 하는 단순하고 순수한 마음에 동해, 전국 각지를 돌아다녔다. 혼자서 긴 시간을 떠나와 있는 일을 처음 해봤지만 적성에라도 맞는다는 듯이 익숙해졌다. 언제나 말없이 꼬여버린 이어폰을 귀에 꽂고 보아 노래를 들었다. 보아의 노래는 간절했다. 간절한 마음 하나가 잘 포개져 있는 노래를 들으면 나 역시도 차분해졌고, 내 절박함에 조급해하지 않고 나를 건강히 다룰 수 있었다. 백일장에서 상 하나 받지 못하고 허탕 치며 돌아오던 날에도, 낯선 곳에서 생경하게 내 이름이 호명되어 상을 받고 오던 날에도 내 작은 256메가바이트 MP3에서는 언제나 보아의 노래가 반복재생되곤 했다.

스무 살이 되던 해에 나는 덜컥 시인이 되었다. 되고 싶은 것을 일찌감치 이룬 나는 이전과 다를 바 없는 생활을 이어나갔다. 그러나 학교에서 수업을 들을 때나, 함께 시를 쓰던 친구들 사이에서 나를 미묘하게 난감해하는 분위기를 느낄 수 있었다. 합평 시간에 내 작품을 건너뛴다든지, 시인이라는 것을 부담스러워한다든지, 시인이라 뭔가 다를 거라는 이상한 기대감 속에서 나를 배제하는…. 어딘가에 섞이지 못하고 겉돌고 있다는 느낌에 사로잡힌 채로 나는 20대를 온전히 시인으로 보냈다.

나는 보아의 노래를 들으며, 자연스럽게 보아라는 사람을 동경했다. 그가 지나온 시간 속에서 나의 시간을 가늠해 볼 수 있어서 과몰입했던 것 같기도 하다. 이른 나이에 등단한 나는, 내 언어가 시가 될 수 있다는 그 믿음 하나뿐이었지만 정작 세상은 내가 감당할 것이 훨씬 더 많다는 듯 기회를 주지 않았다. 나를 기다리고, 나를 믿는 그 끈기 있는 시간이 필요했다. 초조한 나를 달래고, 내가 가진 언어로 나의 깊은 곳을 시추해야 하던 그런 시간 속에서 나는 종종 보아의 일본 무대 영상을 보며 위로를 받았다.

　　주변에 시를 쓰는 사람이 없어서, 시를 쓰기만 해도 칭찬을 받았던 시절을 지나 내가 만난 시인들의 세계는 냉혹하고 난해했다. 지금껏 나의 언어로 나의 이야기를 해왔건만, 모국어가 들리는 곳에서 이방인이 된 기분은 처치할 수가 없었다. 어리기 때문에 무언가를 보여주고 싶다는 치기 어린 마음과 진짜 나의 언어를 찾아 헤매는 방황의 시기가 만나 당장 대답할 수 없는 질문이 되어 살아가는 것 같았다. 나는 무엇을 써야 할까? 나는 어떤 이야기를 들려줄 수 있을까?

　　보아의 《메리 크리》는 한국의 싱글 3집, 일본의 싱글 14집으로 동시 발매가 되었다. 일본의 무대 영상이 더 먼저 올라와 보게 되었는데, 일본 특유의 단정하고 차가운 무대와 카메라 워킹, 읽을 수 없는 일본어 자막이 내게는 낯설고도 강렬하게 다가왔다. 내가 즐겨보는 보아의 다큐멘터리에는 어린 시절 발성 연습부터 춤의 기본 동작을 익히는 익살스러운 어린 보아가 나온다. 무언가를 너무 일찍 알아버리는 데엔 기쁨과 슬픔이 동반하는 듯했다. 일본 데뷔 무대를 망치고 내려온 보아가 세상을 잃은 것처럼 어깨를 들썩이며 울기도 하는데, 그 눈물은 무척 무거워 보였다.

잘하고 싶은 마음과 이겨내야 하는 무게, 익숙한 것 하나 없는 생면부지의 땅에서 그럼에도 자신을 믿고 계속 나아가야 한다는 부담이 고스란히 전해져서였을까.

마침내 아름다운 선율로 도착한 〈메리 크리〉를 들을 때면 고요하고도 치열했던 보아의 어떤 얼굴을 떠올리게 된다. 속으로 끙끙 앓으며, 기회가 찾아올 거라고 자신을 다독여온 시간이 흰 눈처럼 내려앉았을 그 여린 마음까지도.

그때는 아무런 조건 없이 좋아하는 것을 열렬히 좋아할 수 있었다. 지금은 좋아하는 일에도 크나큰 용기가 필요하게 되었지만. 마음이 저절로 향하는 곳에는 내가 동경하는 대상이 있고, 그의 노래와 삶의 궤적이 내가 가진 느슨한 선분을 오롯하게 비출 때가 좋았다. 가끔 퇴근길 버스에 앉아 〈메리 크리〉를 듣는다. 이 노래를 듣는 기분이나 태도는 그때와 달라졌지만, 오늘 나는 어떻게 끝나야만 하는가, 그런 질문을 마주하게 될 때마다 이 노래를 들으며 오늘 지나온 시간을 떠올렸다. 그런 노래가 내 재생목록에 있다는 것이 좋았다. 어떤 답을 내리지 않아도 좋은 시간이었다.

2020년에는 보아의 20주년 기념 앨범이 발매되었다. 서른네 살의 나이에 갖는 20주년 기념 앨범의 타이틀 곡은 〈Better〉. 여기서 멈추는 게 아니라 계속 나아갈 수 있다는 자기 다짐을 담아 치열하게 작업했다는 그의 인터뷰를 본 적 있다.

누군가의 나아감을 본다는 것만으로도, 나를 추동하는 어떤 힘이 될 수 있다는 것을 나는 보아를 통해 알게 되었다. 누구도 알려준 적 없지만 내가 스스로 깨닫게 된 것, 그것은 동경하는 마음이 내게 보여준 것이다. 그는 이제 자신뿐만 아니라 같은 꿈을 가지고 걸어오는 사람들에게도 따뜻한 조언을 아끼지 않는다. 동시대를 함께 살아가는 호흡법으로, 자신의 오랜 시간 속에서 꺼내온 지혜를 남들에게 나누는 것을 아끼지 않는다. 언젠가 보아가 심사 현장에서 이런 이야기를 한 적 있었다. 모두들 '보아니까' 하며, 알아서 잘하던 그의 속내나 고단함은 잘 헤아리지 않았던 서러움과 부담감에 대해서. 보이지 않는 그의 노력이 왜곡 없이 아름다운 노래로 고스란히 태어나는 것을 보는 게 즐겁다. 누군가가 알아줬으면 하는 마음이

87

아니라, 자기 자신이 가장 먼저 알아차리는 자신의 눈금이 생긴다는 것은, 자기도 모르게 깊이 새긴 자신의 이름일지도 모르겠다. 그 이름은 내가 동경하는 사람의 이름이고, 그 이름에 귀를 기울이면 종소리가 들리는 노래가 흐르고 있다.

서윤후

2009년 《현대시》로 등단했다. 시집 『어느 누구의 모든 동생』, 『휴가저택』, 『소소소 小小小』, 『무한한 밤 홀로 미러볼 켜네』와 산문집 『방과 후 지구』, 『햇빛세입자』, 『그만두길 잘한 것들의 목록』이 있다. 제19회 〈박인환문학상〉을 수상했다.

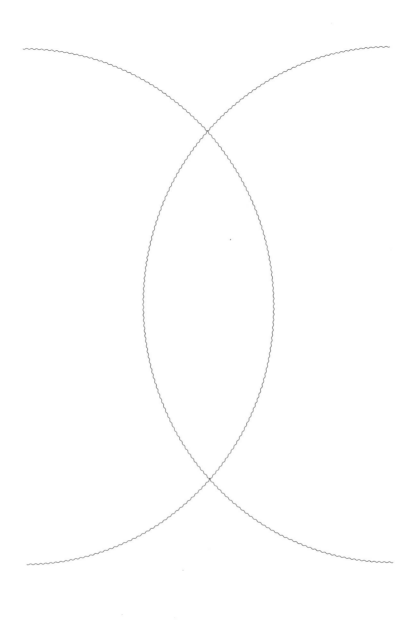

내 사랑 내 곁에

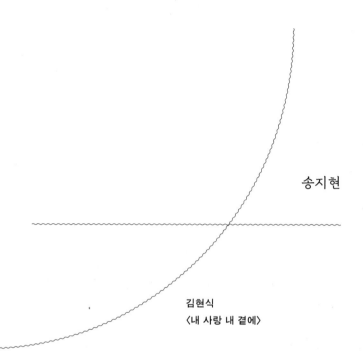

송지현

김현식
〈내 사랑 내 곁에〉

○

1

나의 첫 음악에 대해 말하기 위해서는 아빠의 이야기를 하지 않을 수가 없다.

아마 이것이 내가 오래도록 이 글을 쓰지 못하고 망설인 이유.

2

여기까지 쓰고 동생에게 보여주었더니 동생이 말했다.

"아빠는 진짜 우리한테 여러모로 우려지네."

동생은 최근에 아빠를 찍은 사진으로 전시회를

열었다.

3

음악이 존재하지 않았다면 태어나지 않았을 거라 생각하곤 했다. 엄마는 산골 출신으로 어릴 때부터 먹고 사는 일에 치여 음악에는 전혀 흥미를 두지 않고 살아왔다. 그런 엄마가 아빠에게 반한 지점은 '음악을 듣고 울었다'는 것이었다. 연애를 하기 전, 그러니까 요즘 말하듯 썸을 타던 시절, 어느 날엔가 둘은 포장마차에 갔다. 우동을 주문했고, 면을 삶는 동안 포장마차 주인은 라디오를 켰다. 라디오에서 아는 노래가 나오자 아빠는 노래를 따라 흥얼거렸다. 엄마가 이 노래 알아요? 하고 묻자 아빠는 특유의 쓸쓸한 표정을 지으며 대답했다고 한다. 〈안개〉라는 노랜데요, 새벽에 이 노래를 들으면 가끔 눈물이 나요. 그때 우동이 나왔고, 39킬로그램의 엄마는 생각했다. 아, 내가 이 남자를 지켜줘야겠다. 아빠는 요즘도 드라마를 보거나 노래를 듣다가 잘 운다. 그럴 때면 엄마는 나를 바라보며, 누굴 지킨다는 말은 함부로 하는 게 아니다, 하고 말한다.

아빠의 직업은 다양했다. 엄마를 만나기 전부터 내가 태어날 때까지는 거의 백수였다고 한다. 엄마도 아빠가 돈을 버는 것보단, 자신과 많은 시간을 보내는 쪽이 더 좋았다. 엄마는 아빠의 낭만성에 반해 있었기에, 아빠의 모든 행동이 자유로운 영혼을 가진 탓으로 생각되었다. 하지만 내가 생기고 나서부터는 상황이 달라졌다. 아빠의 낭만과 자유로운 생활은 끝이었다. 아빠는 아침마다 엄마의 배웅을 받으며 꼼짝없이 일터로 가야 했다. 하지만 두어 달 회사에 다닌 것이 고작이었고, 곧 체질이 아니라며 그만두었다.

그렇게 다양한 직업을 가졌고 다양하게도 망했다. 마지막으로 아빠가 한국에서 한 일은 큰아버지가 소개해 준 배달 일이었다. 병원에서 사용하는 처방전을 납품하는 일이었는데, 뒷좌석과 트렁크가 처방전으로 들어찬 박스로 가득했다. 아빠는 은색 소나타2에서 좋아하는 음악을 실컷 들으며 서울의 병원들을 쏘다녔다. 어떻게 아냐면, 아빠가 운전할 때면 졸리고 심심하다고 나를 조수석에 태우고 다녔기 때문이다.

올 겨울 도 눈 수 있다

아빠가 어떤 남편이었는지는 모르겠다. 하지만 내게는 좋은 아빠였다고 말할 수 있다. 아빠는 내가 태어나자마자 나를 둘도 없는 친구로 여겼다. 산부인과에서 나를 데려와 아빠가 제일 먼저 한 일은, 헤드폰으로 자신이 제일 좋아하는 음악을 들려준 것이었다. 그 장면은 아직 사진으로 남아있어, 나는 헤드폰에서 어떤 음악이 재생되었을지 상상해 보곤 한다. 아빠는 내게 클래식부터 가요까지 가리지 않고 들려주었다. 어린 시절 나는 드뷔시의 〈달빛〉을 들으며 몽환이라는 단어를 배웠고, 서태지를 들으며 퓨전이라는 단어를 배웠다.

아빠는 음악을 좋아하는 만큼 새로 출시되는 기계들에도 관심을 가지곤 했다. 특히 게임기가 새로 출시되면 참지 못하는 편이었다(사실 완전히 망하기 전 여러 직업 중엔 게임 타이틀 판매업도 있었다). 나는 아빠에게 처음 게임을 배웠다. 아빠가 배달 일을 하지 않는 날엔 둘이 집에서 콘솔게임을 했다. 우리는 '보글보글' 100탄을 깨기 위해 화장실을 참기도 했고, '원더보이'를 깨기 위해 (아직도 난도가 높은 게임으로 언급되곤 한다.) 여러 번 바닥에 머리를 박았다. 그럼에도 한 판이 끝날 때마다 하이파이브를 하는 것도 잊지 않았다.

배달을 다니면서도 아빠와 나는 여러 놀이를 했다. 끝말잇기, 음악 감상, 세계 각국의 언어로 인사말 외우기까지. 그중 내가 제일 좋아하던 놀이는 터널에서 숨을 참는 것이었다. 아빠는 터널에서 숨을 참고 소원을 빌면 이루어진다고 말해주었다. 나는 터널이 나올 때마다 어떻게든 숨을 참으려고 애썼는데 아빠는 그런 나를 보고 낄낄댔다. 내가 빈 소원은 늘 같았다.

나는 어른들이 "엄마가 좋아, 아빠가 좋아"라는 질문을 하면 영리하게 대답하는 아이가 아니었다. 엄마를 빤히 앞에 두고서도 나지막이 "아빠요"라고 대답했다. 그게 재밌는지 사람들은 내게 자꾸 그 질문을 했다. 그럼에도 내 대답은 달라지지 않았다. 아빠가 흐뭇해하던 건 분명했다. 그때 엄마의 기분이 어땠을지 요즘도 잘 모르겠다. 아빠가 떠나던 날, 만삭인 엄마에게 왜 아빠가 가야 하냐고 소리치던 나를 보던 엄마의 기분도, 헤아릴 수가 없다.

6

아빠와는 열 살 때까지 살았다. 다양하게 망해버린 대
가로 아빠는 26년간 다양한 곳을 떠돌아야 했다. 계산
하지 않아도 26년이라는 시간을 알 수 있는 것은, 동
생의 나이와 아빠가 떠나있던 기간이 일치하기 때문
이다.

그래서 재작년부터 시작된 팬데믹 상황보다 당황
스러운 것이 아빠의 귀국이었다. 아빠는 26년만큼 늙
은 채로 작은 짐가방 하나만을 들고 돌아왔다. 동생은
아빠와 한번 살아보지 못한 채로 스물여섯 살이 되어
있었다. 우리는 아빠에게 새로 나온 기계를 사용하는
법에 대해 하나씩 가르쳐줘야만 했다. 아빠를 처음 만
난 엄마가 했던 생각대로 이젠 정말 그를 지켜줘야 하
는 때가 왔다. 그 사실을 외면하고 싶어, 나는 본가에
서 나와 자취를 시작했다.

7

최근 나의 상태에 대해 말해야겠다. 단 한 줄도 쓰지
못한 게 벌써 6개월이 넘었다. 모든 작업은 하면 할수
록 숙련되는 것이 아니었나. 어째서 점점 더 어렵고
무서워지는지. 게다가 글을 쓸 때 얼마큼 솔직해야 하

97

송지현

는지도 가늠이 잘 되지 않는다. 예전엔 그런 거리가 잘 지켜졌던 것 같은데 지금은 잘 모르겠다. 어쩔 땐 너무 많은 이야기를 한 것 같아서 밤새 뒤척이다가 아침을 맞이한다. 어디까지를, 얼마만큼을, 써야 하는 걸까.

8

열 살 무렵의 나는 낡은 소나타의 조수석에 올라탄다. 아빠와 나, 둘만의 하루가 시작된다. 우리는 경기도에서 서울로 이동한다. 길은 막힐 때도 있고 뚫릴 때도 있다. 막히면 끝말잇기를 하고 뚫리면 노래를 튼다. 목적지가 다가오면 아빠는 비상등을 켜고 주차를 한다. 주차장이 없는 건물이 훨씬 많아서 인도에 차를 대기도 한다. 아빠가 병원에 처방전이 든 상자를 배달하려 건물을 오르내리는 동안, 나는 주로 차에 있다. 아빠는 누가 차를 빼라고 하면 금방 올 거라고 말해달라고 부탁한다. 그러나 나는 그런 말을 하지 않아도 된다. 아빠는 언제나 금세 돌아온다. 우리는 다시 차에 올라탄다. 낮이라 길이 한산하다. 아빠가 음악을 튼다. 걸걸한 목소리가 흘러나온다. 내가 말한다.

"아빠. 이 아저씨 목소리 이상해."

"왜. 아빠가 제일 좋아하는 노랜데."

아빠가 노래에 대해 설명한다. 지금 흘러나오는 이 노래를 녹음하던 때에 가수가 많이 아팠다고 한다. 결국엔 얼마 지나지 않아 죽었다고 한다. 죽은 뒤에도 남는 것에 대해 나는 처음 생각한다. 창밖으로 서울의 풍경이 지나간다. 노래가 끝날 때까지 나는 숨을 참는다. 아빠에게 노래의 제목이 무어냐고 묻는다.

"내 사랑 내 곁에."

9

아빠와의 헤어짐은 나의 사랑을 떠나보낸 첫 기억으로 남았다. 그땐 어렸고 나의 모든 사랑이 언제나 내 곁에 머무를 거라고 생각했다. 그리고 어떻게 그런 일이 벌어졌는지 해석하려고 노력했다. 수없이 많은 사랑들을 떠나보내며 살아온 지금, 이젠 세상에 해석할 수 없는 일이 있다는 것도 안다. 떠난 뒤에도 남는 것이 있다는 것을 안다. 하지만 마음이 아픈 것은 어쩔 수 없다. 어쩔 수 없는 일들이 있다는 것도 안다.

그럼에도.

그럼에도 종종 본가에 간다. 가서 26년만치 늙은 아빠를 본다. 아빠는 내가 자취방을 얻었다고 말하던 날 내 머리카락을 귀 뒤로 쓸어 넘겨주며 이렇게 말했다. "오랜만에 아빠랑도 같이 살아주지." 그 말에 눈물이 날 것 같아서 얼른 화장실로 들어갔다. 그리고 변기에 오래 앉아, 참으려고 애써도 참을 수 없는 것이 있다는 것을, 내가 이미 알고 있다고 생각했다.

10

운전을 시작한 지도 어느새 16년이 넘었다. 카팩으로 시작해서 aux선을 거쳐 지금은 블루투스 장비로 음악을 들으며 운전한다. 요즘 제일 많이 듣는 노래는 (이 글을 쓰기 위해서도 있지만) 역시나 〈내 사랑 내 곁에〉다. 낙엽이 날리는 도로를 노래의 가사를 따라 부르며 달린다. 그러다 보면 터널도 지난다. 나는 아직도 터널이 나올 때면 숨을 참는다. 숨을 참고 이렇게 빌어본다. 아무것도 못 하는 사람이 되어도 좋으니 행복하게 해주세요. 그런데 행복이 뭐지? 나는 등단작에 이렇게 썼다. "잘 산다는 것은 어쩌면 더 완벽히 지켜지기 위한 걸지도 몰라." 어떻게 단언하듯 쓸 수 있었을까. 요즘엔 어떤 것도 단언할 수가 없다.

그렇지만 나의 사랑이 돌아와서 조금은 기쁘다고 생각한다. 본가에 가면 엄마와 아빠와 동생이 있다.

엄마는 늘 그렇듯 대충 빨리(그러나 맛있는) 요리를 하고, 동생은 고양이 털이 묻은 식탁을 닦고, 나는 냉장고에서 반찬을 꺼내고, 아빠는 밥을 다 먹은 뒤 설거지를 한다. 그렇게 모여앉아 식사를 하면서 술도 한 잔씩 곁들인다. 그럴 때면, 이런 작은 순간들을 위해 살아가고 있다는 생각이 든다. 살아가고 싶게 만드는 작은 순간들이 있다는 게 행복일지도 모른다고 생각한다.

그러나 앞에서도 말했지만 나는 어떤 것도 단언할 수도 없고, 요즘엔 글도 못 쓴다.

그래도
살아가고 싶게 만드는 작은 순간들이,
그런 것을 기다리며 사는 게
그게 어쩌면 행복이라면,

11
터널을 지날 때 숨을 참지 않고
〈내 사랑 내 곁에〉를 따라 불렀다.

송지현

송지현

소설집 『이를테면 에필로그의 방식으로』, 『여름에 우리가 먹는 것』,
에세이 『동해 생활』을 썼다.

겨울, 맨 처음에 놓인 늘 마지막 음악

유희경

베르너 뮐러 오케스트라
/폴 모리아 악단
〈아란후에스 협주곡
2악장 아다지오〉

러블리벗
〈그 손, 한번만〉

○

거리에서:

베르너 뮐러 오케스트라/폴 모리아 악단

(Werner Muller & His Orchestra/Paul Mauriat Band)

〈아란후에스 협주곡 2악장 아다지오

Concierto de Aranjuez Mov.2 Adagio〉

겨울밤. 겨울 냄새. 아. 겨울의 달. 겨울 그림자. 길가
에 버려진 겨울 거울. 겨울의 나. 겨울 나의 발. 겨울
침묵. 날카로운 속도로 달려가는 소음. 그것 역시 겨
울의 것. 다시 겨울 침묵. 주머니에 손을 넣으면 따뜻

해. 그러곤 입김 몇 마디. 두 박자짜리 한숨. 겨울 걸음. 겨울 가로등이 기울였다 다시 펴놓는 길. 겨울의 귀가. 아직 멀었네. 나는, 집을 생각한다. 집에 담겨 있을 포근한 온도를 생각한다. 이불. 몸에 돌돌 감은 이불의 온도. 이불의 감촉. 생각만으로도 졸리다. 졸린 것 같다. 느리게 눈을 감았다가, 떠본다. 불쑥 다가서는 것이 있다. 나는 그것을 들여다본다. 안으로 들인다. 오래된 기억이다. 겨울이면 마주치곤 하는. 아주 아주 오래전 어느 해.

엄마도 아빠도 없는 초저녁. 기다리고 있으면 고모가 올 거야. 나는 송수화기를 붙들고, 티브이에서 눈을 떼지 못하는 동생을 본다. 나는 오빠니까 괜찮아. 응. 하고 고개를 끄덕이면 복도 계단을 따라 올라오는 소리가 있다. 고모인가 고모인가 보다 그런데 고모는 아니다. 아래층 문이 열렸다 닫히는 소리. 잠시 울리는 복도. 동생은 까르르 웃음을 터뜨린다. 바보 같은 계집애. 나는 성이 나서 텔레비전을 꺼버리고 싶다. 나는 오빠야. 오빠니까 그러면 안 돼. 같이 티브이를 보면서 만화가 끝날까 봐 초조해하면서 소리를 듣는다. 또 누가 올라온다. 고모가 아니네 고모인가 고모로구

나. 하면 울리는 초인종 소리. 기억은 신기하다. 나는 문을 열어주려는 기분을 느낀다. 고모야? 고모 맞아? 물으면서 답은 듣지도 않고 열어주는 소리. 듣는다.

고모는 밥을 짓는다. 지금 내 나이보다 한참이나 어렸을 그녀를 생각하면 나는 손끝이 몽글몽글해지는 기분을 느끼곤 한다. 함께 살던 시절 그녀의 책장에는 몇 권 소설책과 아기자기 조그마한 장신구들이 있었다. 이제 와 생각해 보면 조잡하기 짝이 없던 그녀의 살림. 가난이다. 왜 그렇게 가난했을까. 직장이 없었던 것도 아닌데. 왜긴. 집안이 가난했으니까. 혼자 살아냈어야 하니까. 고모는, 언젠가부터 우리와 살지 않았다. 이따금 엄마와 아빠가 외출을 하거나, 사정이 있어 멀리 갈 때마다, 지금 생각해 보면 그것은 둘만의 여행이었을 텐데, 우리를 돌봐주러 왔다. 검은 비닐봉지를 양손에 들고. 그랬다. 그랬지. 밥을 해주고 반찬을 해주고 우리를 씻기고 하는 그런 일을 고모는 싫은 기색 없이 해냈다. 그녀가 해준 밥이 어땠는지는 기억나지 않는다. 그냥 고모, 하면 그녀 책장에 꽂혀 있던 빨간색 표지의 E.T. 이야기가 담긴 소설책이 떠오를 뿐이다. 그 책의 앞 몇 장에는 컬러 스틸 컷이 들어 있었다. 나는 늘 거기까지만 봤다. 고모는 E.T.가

좋나? 우주 생명체의 가늘고 긴 손가락이 고모의 손가락과 닮았다는 생각까진 했었다.

내일은 일요일이야. 학교에 가지 않아도 돼. 나는 중얼거린다. 그 시절의 내게 속삭이기라도 하듯. 언덕 길을 오르느라 숨이 거칠어진다. 어쩌다 보니 몇 정거장 지나쳐버리고 말았다. 겨울밤. 느닷없이 추워져서 거리엔 사람들이 없다. 나는 입고 있던 코트의 앞섶을 끌어당긴다. 조금이라도 따뜻해지기 위해서. 따뜻해지고 싶어. 나는 나의 바람을 마른 입술 밖으로 꺼내고 만다. 주위를 둘러본다. 여전히 아무도 없네. 그러니 부끄러워하지 않아도 될 텐데, 그만 얼굴이 빨개지고 만다. 잊자. 하고 나는 다시 기억에 열중하려 한다. 입구가 없다. 닫혀버렸나. 손잡이를 찾아 어두운 내부이쪽저쪽을 더듬듯 그날 이후를 떠올려본다. 이미 알고 있다 나는 그다음을.

나와 내 동생은 짙은 갈색의 이 층 침대를 썼다. 툭하면 이 층을 차지하겠다고 다퉈서 엄마는, 번갈아 차지할 수 있도록 조치를 취해두었지. 그날은 내가 이 층에서 잘 차례였는데, 나는 순순히 동생에게 양보한다. 네가 위를 써, 내가 아래를 쓸게. 그러면 늦도록 고모가 시청하는 텔레비전을 볼 수 있을 테니까. 고모는

109

우희경

야단치는 사람이 아니었다. 나의 속셈도 모르고 신이 난 동생은 사다리를 밟고 올라간다. 올라가서 어느새 잠들어버린 모양이다. 고모는 내가 자거나 말거나 상관하지 않고 텔레비전을 켠다. 어둑어둑해진 방. 브라운관의 빛을 따라 고모의 얼굴 낯빛이 바뀌는 것을 본다. 파랗게 하얗게. 사실 고모의 얼굴은 아마 빨개졌을 것이다. 잠시 전의 나처럼. 맥주를 마시고 있으니까. 아직 남편도 아이도 손주도 없던 시절. 고모, 하고 불러보고 싶다. 유리잔을 하나 가지고 와서, 나도 한 잔 줘. 하고 말을 붙여보고 싶다. 어쩌려나 고모는. 내가 나인 줄도 모르고 부끄러워하려나. 거품 많게 따라주고는, 누구세요. 하고 물어오려나. 아니면 질색을 하려나. 단박에 나를 알아보고, 까불고 있어. 가볍게 쥐어박는 시늉을 하고는 흐흐하고 웃으려나. 몸을 부르르 떤다. 겨울밤에 차가운 맥주를 한 잔 마신 사람처럼.

　　나는 눈을 부릅뜨려고 노력한다. 아직 토요일이야. 내일은 일요일이고. 늦잠을 자도 돼. 늦잠을 자도 괜찮아. 스스로를 어르면서. 엄마도 아빠도 없어. 혼나지 않아. 속삭이듯 생각하면서 잠을 견딘다. 이윽고, 고모의 얼굴이 검게 변한다. 그러곤 화면 가득 나

110

타나는 금빛 트로피. 빙글빙글 돌면서 전조처럼 다가오는 관악기 소리. 오금이 저렸다. 웅장하고도 긴박한 박자로. 이제 당신은 아득한 시간으로 넘어갈 거야. 꿈도 아니고 현실도 아닌 시간. 되찾으려 노력할 수 없는 이 세상에는 없는 시간. 그러나 먼 훗날 당신. 기억하게 될 거야. 그 모든 것을 꼭 끌어안는 것이 있다면 그것은 당신의 시간이라는 것을. 마치 증명이라도 하듯, 퍼져나가는 나팔음. 베르너 뮐러 오케스트라 버전. 이제는 준비가 끝났어. 얼마 지나지 않아. 폴 모리아 악단의 기타 소리. 쓸쓸하게. 이건 얼마 지나지 않아 사라질 이야기라는 것을 말해주듯이. 그리고 영화가 곧 시작할 텐데 그 시절의 막이 내려온다. 깜깜해진다. 아침이 올 때까지.

　　나는 언덕 중턱에 멈춰 서서 눈을 비벼본다. 그런데 왜 이것이 겨울의 기억일까. 그 어디에도 겨울의 흔적이라곤 없다. 이유 없이 토닥여주는 손이 있다. 고모인가. 아닌가. 아 고모인가 보다. 고모야? 묻고 싶어진다.

문을 열면 센서등이 켜진다. 꺼진다. 집은 따뜻하다. 그럴 줄 알았다. 불 꺼진 집에는 다른 한기가 있지. 그

것은 계절을 가리지 않는다. 나는 움직이지 않는다. '다른 한기'에 적응할 때까지 기다린다. 그 온도와 내 체온이 거의 같아질 때까지, 마치 얼어붙은 듯 현관에 서 있다. 센서등이 켜진다. 꺼진다. 안경을 벗기 전에 신발을 벗기 전에 가방을 내려놓기 전에 옷을 벗고 화장실에 들어가기 전에 먼저 나는 이어폰을 뺀다. 해석할 수 없는 침묵을, 간간이 이웃의 소음이 침범했다가 녹아버리곤 하는 어둠의 소리를 듣기 위해서. 그것은 깜깜하다. 깜깜하다 외에는 다른 표현을 찾을 수 없다. 그러곤 집에 들어서는 것이다. 평소와 같으면 나는, 불을 밝힐 것이다. 하지만 오늘은 그러지 않는다. 어처구니없이, 고모를 떠올렸다. 어떤 시절을 떠올렸다. 그 시절의 음악을 떠올렸다. 나는 피식 웃음처럼 소파에 몸을 던진다. 소파에 구겨진 채로 그 시절의 음악이 고작 텔레비전 프로그램 시그널 음악이라니. 비웃는다. 하고많은 음악 중에서. 아니야. 그것은 마침내 꺼지는 극장의 불빛. 무언가 시작된다는 신호. 그래서 나는 그 음악을 잊지 못하는 거야. 그 음악을 떠올리고 마는 거야. 그것은 내 한 시절의 끝. 그리고 첫 음악. 그런데, 누구한테 변명을 하는 거지 나는. 글쎄. 그러거나 말거나. 잠이 들 것 같다. 가만히 흥얼거

려본다. 그러기엔 너무 웅장하고 아득해. 나는 그 음
악을 끝까지 들어본 적이 없다. 그리고 꽤 멀리 온 것
만 같다.

서재에서:

러블리벗(lovelybut), 〈그 손, 한번만〉

어둑해진 서재에 앉아 있다. 한기가 느껴진다. 앞에
놓인 창문은 굳게 닫혀 있는데. 어딘가 틈이 있는 모
양이다. 보이지 않게 벌어진 모양이다. 보이지 않게.
앞에 놓인 달력을 집어 든다. 달력은 구월에서 멈춰
있다. 생각보다 자주 넘겼네. 기억에는 없다. 지금은
십일월. 두 장을 더 넘긴다. 한 장만 더 넘기면 십이월
이다. 나는 십이월을 좋아하지 않는다. 갈 곳 없이 끝
에 다다른 기분이 들기 때문이다. 그러므로 이 달력은
이것으로 끝이다. 이번 달이 지나면 나는 달력을 버리
게 될 것이다. 영영 찾아오지 않을 이천이십일년의 십
이월. 그럴 리가 있나. 나는 또 십이월을 살겠지. 누가
뭐래도 겨울인. 한기에 몸을 떨면서도 나는 서재를 떠
나려 하지 않는다. 그를 생각하면 무언가 쓰고 싶은
기분에 사로잡힌다. 실제로 쓴 적도 있고 쓰지 않은

113

적도 있다. 나는 그를 십이월에 만났다.

나와 그는 단 세 번 만났다. 한 번은 가까이 다른 한 번은 멀리서 마지막은…. 나는 그것이 마지막이라고 생각한다. 그러니 기억할 필요가 없을 것이다. 처음 만났을 때 나와 그는 지금은 없어진 술집에 있었다. 소란스러운 자리였다. 나는 그의 맞은편에 앉아 있었다. 아니 그는 나의 맞은편에 앉아 있었다. 물어보고 싶은 말이 있었다. 우리 언제 만난 적이 있지 않나요. 초면에 결례라고 생각했다. 나는 그리고 그는 소란에 편승했다가 이내 떨어져 나오곤 했다. 그러곤 길게 침묵을 지켰는데, 그러한 순서는 어긋나기도 하고 더러 일치하기도 했다. 묘하게 신경이 쓰이는 사람. 자정이 넘어 끝난 술자리에서 집으로 돌아오는 길에 그렇게 생각했다.

그날 이후 몇 번인가 연락을 주고받았다. 의례적인 안부. 잘 있나요. 잘 있지요. 따위의. 그런데 연락처는 어떻게 알았을까. 어떤 날엔 눈이 와서, 눈이 와요. 그렇군요. 여기는 오지 않아요. 아마 그런 내용도 있었을 거야. 둘 중 누구도 우리 언제 한번 볼까요, 하고 말하지 않았다. 때가 되면 자연스레 볼 수 있을 거라고 생각한 거겠지. 어떤 사이는 우연에 내맡기기도 한다. 신의 주사위 놀이. 우연히 같은 숫자가 나올 때까지 던지고 살펴보는 그런 사이도 있다. 나는 자주 그를 잊었고 종종 그를 생각했다. 한 번 그를 생각하면 꽤 오래 생각했던 것도 같아. 두 번째로 그를 만난 건 늦여름이었다. 나는 하얀 반팔 셔츠를 입고 있었고 그는 볕에 눈을 찡그리고 있었지. 나는 그를 보았고 그도 나를 보았다. 나는 그쪽으로 가지 않았다. 그도 내쪽으로 오지 않았다. 나와 그 사이엔 많은 사람이 오가고 있었다. 오지 마. 가지 마. 사이에도 신이 내던진 주사위가 구른다. 같은 숫자는 나오지 않았다. 그는 왼쪽으로 가고 나는 머물러 있었다. 인사 정도는 할수 있었을 텐데. 그는 나의 문장에 오래 답장하지 않았다. 그러게. 이제 가을이야. 그의 답장은 늘 그런 식이었다. 맞는 듯 틀린. 아닌 듯 옳은. 어느덧 우리는 말을 놓고 있었다. 나는 자주 그를 생각했고 종종 잊었다. 한번 그를 잊는 것은 무척이나 어려운 일이었다.

　　참 좋아하는 노래가 있어. 나는 그네에 앉아 있었다. 맥주를 마시고 있었나. 그건 모르겠다. 아마 맞을 거야. 그와 통화를 할 때면 나는 늘 맥주를 마셨으니까. 목이 말라서. 그런 것 같아서. 제목이 뭔데. 나는 그가 일러준 노래의 제목을 몇 번 되뇌었다. 기억

유희경

할 수 있을 줄 알았지. 잊을 줄 몰랐지. 다시 물어볼 수 없었다. 내가 그에 대해서 잊은 것이 되어버릴까 봐. 그게 무서웠다. 이제는 영영 알 수 없게 되었지. 그때가 십이월이었을 거라고, 나는 확신한다. 그와 나의 마지막은, 나는 그것이 마지막이라고 생각한다. 그러니 다시 떠올릴 필요는 없겠지. 그러고 얼마나 지났을까. 어느 해, 다시 겨울이다. 막차를 놓치고 말았다. 택시를 타고 한밤의 길을 내달리다가 들은 음악을 나는, 어쩐지 그가 알려준 음악이 아닐까 생각했던 것이다. 한밤 택시 안에서 나는 허겁지겁 휴대폰 메모장을 열어 디제이가 알려준 가수 이름과 노래 제목을 받아 적었다. 그날 이후 그해가 저물 때까지 나는 닳도록 그 노래를 들었다. 어떤 마음인지, 어떤 감정인지 그런 것을 살피지 않았다. 더는 들을 수 없을 때까지 들으면서, 그가 알려준 것과 내가 듣고 있는 것 사이 어떤 닮음이 있는지도 알고 싶어 하지 않았지. 그렇겠거니, 하고 생각하면 그렇게 되는 것이다. 거짓말처럼 십이월이 지나고 나는, 다시는 그 음악을 듣지 않았다. 무언가 뚝, 하고 끊어졌으며 다시는 이어지지 않았다.

잠시 망설이다가, 그 음악을 검색해 본다. 한참 주저

하다가, 음악 제목을 매만진다. 어쿠스틱 기타의 반복되는 리프. 한숨 같은 목소리. 십이월이다. 아무것도 없고, 아무것도 없어서 아름답네. 나는 잠시 한밤 도로를 내달리는 택시 안에 있다. 다급히 외치지 않는다면 택시는 멈추지 않을 것이다. 나는 내 모든 것을 내맡기고 있다. 어느 해의 겨울밤. 어느 해의 겨울 냄새, 어느 해의 겨울 달. 지나간. 돌아오지 않는 그해의 풍경. 그 위에 어려 있는 겨울의 나. 당연히 그는 없다. 음악이 끝나고 눈을 뜬다. 삼 분 십오 초. 이건 얼마만큼의 시간인 것일까. 깊이깊이 감춰두었던 멀미가 한번에 몰아닥친다. 잠깐만요. 하고 말하고 싶다. 너무 멀리 왔어요. 세워주세요. 하고 말해보고 싶다. 하지만 겨울 서재. 여기엔 나밖에 없다. 손을 잡아줄 사람은 없어. 알고 있잖아. 나는 비틀대는 사람. 그런 기분. 그러니 오늘은 아무것도 쓸 수 없겠네. 나는 스탠드의 불을 끈다. 세상은 깜깜해지고, 아무도 없는 것 같다. 나마저도.

무한경

유희경

1980년 서울에서 태어났다. 서울예술대학과 한국예술종합학교에서
읽기와 쓰기를 공부했으며 2008년 조선일보 신춘문예로 데뷔해
시인으로 활동하기 시작했다. 시집『오늘 아침 단어』,『당신의 자리―
나무로 자라는 방법』,『우리에게 잠시 신이었던』,『이다음 봄에 우리는』,
산문집『반짝이는 밤의 낱말들』,『세상 어딘가에 하나쯤』을 펴냈다.

겨울, 맨 처음에 놓인 늘 마지막 음악

음악의 형태

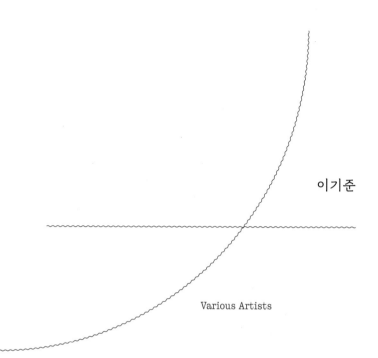

이기준

Various Artists

○

열두 살에 처음 본 하드록은 내 일상을, 일생을 바꿨다. 하드록을 봤다고 한 이유는 내가 접한 것이 뮤직비디오였기 때문이다. 폭발적인 사운드도 놀라웠지만 시각적 충격이 컸다. 밴드의 멤버 모두 머리를 어깨 아래까지 기르고 가죽 (느낌 나는) 옷을 입고 있었다. 보컬리스트는 마이크를 스탠드에 꽂은 채 양손에 들고 봉술을 시연하듯 빙글빙글 돌렸다. 철천지원수가 카펫에 말려 누워 있다는 듯 두드려대는 드러머 뒤로는 불꽃이 터졌다. 두 대의 드럼 베이스가 나란히 놓인 장관 역시 압도적이었다. 심지어 네 대의 드럼 베이스를 포진한 밴드도 있었다. 가장 눈여겨본 건 기타리스트였다. 으아, 기타에서 저런 소리가 나다니! 다리를 쩍 벌리고 서서 머리를 위아래로 마구 흔들어댔다. 저런 자세로 어떻게 연주하는지 불가사의했다. 귀청을 먹먹하게 만드는 전기 기타의 사운드는 귀를 사로잡았고, 탭댄스를 추듯 넥 위에서 현란하게 움직이는 손가락의 움직임과 연주 도중 기타를 몸 뒤로 휙 날려 한 바퀴 돌리는 묘기는 눈을 사로잡았다. 하드록은 내 생활에서 가장 중요한 것이 되었다.

그런데 나를 압도한 이 모든 걸 합친 것보다 더 매혹적인 것은 밴드의 로고와 앨범 표지였다. 변화무쌍한 글자 모양은 새로운 세계를 열어 주었다. 캘리그래피 펜으로 그린 듯한 획과 번개를 결합해 감전될 듯 강렬한 인상으로 바꾼 AC/DC{ *AC/DC* }, 뱀이 몸을 꼬아 밴드명을 필기체로 쓴 화이트스네이크{ *Whitesnake* }, 한가운데 위치한 O 자를 사악한 표정의 호박으로 바꾼 헬로윈{ *HELLOWEEN* }, 첫 글자 M과 끝 글자 A의 가장자리 획을 번개나 무기를 연상시키도록 날카롭게 꺾은 메탈리카{ *METALLICA* }, 유사 중세 판타지의 용 발톱을 닮은 디오{ *DIO* }, 자획의 기울기와 공간을 절묘하게 조절한 앤스랙스

{ ANTHRAX }, 모든 글자를 삼각형으로 만든 데프 레퍼드{ DEF LEPPARD }, 튜브에서 짠 초코 시럽처럼 자유로운 곡선으로 연결된 글자에 독수리 날개를 더한 에어로스미스{ AEROSMITH }, T 자의 가로획을 늘려 A 자의 꼭대기와 연결한 액셉트{ ACCEPT }, 영화 〈터미네이터〉의 아널드 슈와제네거가 포스터에서 쓴 선글라스의 오른쪽 렌즈에 적힌 붉은 글자(배경이 미래인 콘텐츠에 자주 사용되던 글자 형태였다)를 연상시키는 스콜피온즈{ SCORPIONS }…. 슬레이어 { SLAYER }, 아이언메이든{ IRON MAIDEN }, 매노워{ MANOWAR }, 주다스프리스트{ Judas Priest }, 테스타멘트{ TESTAMENT }, 미스피츠{ MISFITS }, 모터헤드{ motörhead } 등 노래는 모르고 오직 로고로만 기억하는 밴드도 숱하다.

매일 음반 매장에서 레코드판을 뒤적거렸다. 집에 돌아가선 그날 본 것을 흉내내 그렸다. 얼마 지나지 않아 새로운 놀이를 고안했다. 가상의 밴드를 만들어 이름을 짓고 로고를 그리는 놀이였다. 로고가 완성되면 밴드의 구성원을 그렸다. 옷차림과 헤어스타일을 멤버의 이미지에 맞게 구상하고 기타 모양을 디자인했다. 앨범 표지와 무대 디자인까지 아우르는 통합

124

적 브랜딩 놀이였다. 그때는 '로고'나 '디자인'이라는 용어조차 몰랐지만 앞으로 나는 그런 일을 하기로 결심했다. 음악과의 만남이 미래를 결정지은 셈이다.

음악은 영어를 익히는 데도 큰 도움이 되었다. 레코드판을 넣는 속 봉투에 가사가 적혀 있곤 했는데 가사를 보며 노래를 듣자 반복해서 등장하는 단어가 눈에 들어왔고 점차 글자와 소리의 관계를 깨치게 되었다. 그렇게 영어 읽는 법을 익혔다. 밴드명, 앨범명, 곡명을 지으려면 영어 단어를 알아야 했기에 형한테 있던 영어사전을 뒤졌다. 그 영어사전은 당시 고등학생이던 형보다 내가 더 열심히 보았을 것이다. 존의 애칭이 잭, 윌리엄의 애칭이 빌이라는 것도 멤버의 이름을 지으면서 알게 된 사실인데 지금도 영어권 영화나 드라마를 볼 때 유용하다. 본명과 애칭 관계를 몰랐다면 왜 윌리엄을 빌이라고 부르는지 어리둥절했을 테다. 별자리와 신화에도 관심을 갖게 되었다. 관심의 씨앗은 밴드 멤버의 별자리를 정하고 싶다는 소박한 바람이었다. 그조차도 별자리의 속성이 아니라 어떤 심벌을 그리고 싶은지에 따른 선택이었지만. 영어를 향상시키고 다양한 관심사의 불씨를 붙여준 음악에 새삼스러운 감사의 마음을 전한다.

하드록을 주로 듣던 10대를 지나 우연히 들은 키스 자렛의 〈My Song〉을 기점으로 관심이 재즈로 향했다. 재즈! 무슨 뜻인지 모르지만 괜히 설레는 단어였다. J, A, Z, Z의 문자 조합은 뭐라 하기 힘든 선망을 품게 했다. 재즈 음반을 한 장 사 보기로 결심하고 음반 매장에 가 나한테 말을 거는 음반이 나올 때까지 표지를 훑었다. 그날의 대화 상대는 마일스 데이비스의 《Kind of Blue》였다. 당시엔 이 음반이 음악사에서 어떤 위상인지 전혀 몰랐다. 전설의 명반이 그렇게 뜬금없이 내 첫 재즈 음반으로 손에 들어왔다는 건 재미있는 우연이다. 사실 매장에 마일스 데이비스 칸이 따로 있었기에 유명한 연주자이리라고 짐작은 했다. 'Kind', 'of', 'Blue'라는 단어 조합의 느낌, 파란 조명 아래서 연주하는 마일스 데이비스의 사진이 호기심을 일으켰다. 시디플레이어의 재생 버튼을 누르자 부드러운 사운드가 에워쌌다. 빈틈없이 시끄러운 음표의 총공격에 익숙한 귀에 베이스와 피아노가 주고받는 느슨한 전주는 별세계였고, 재생시간 1분 30초쯤에 '촤아앙' 하고 소리가 가라앉는 대목에서 전율이 일었다. 한여름 날 하이킹을 하다 만난 소나기를 피해 외딴 동굴로 들어가는 순간 온몸에 서리는 냉기와 평온,

안도 같은 복합적인 기분이 한꺼번에 들었다. 무척 좋았다. 더운 날에 들으면 시원하고 서늘한 날에 들으면 푸근했다.

홍대앞에 있던 레코드포럼을 거의 매주 찾았다. 한번은 스티브 라이히의 음반을 골라 계산대에 가자 사장님이 함박웃음을 터뜨렸다.

"지난주에《Study in Brown》사 가지 않으셨어요? 저희 가게를 몇 년째 오시는데 아직도 어떤 음악을 좋아하시는지 모르겠어요."

그럴 수밖에. 스티브 라이히의 음반은 표지를 보고 골랐을 뿐이었다. 유명한 사진〈Painters on the Brooklyn Bridge〉위에 리드미컬하면서 절도 있게 배치된 글자에 눈이 머물렀다. 어떤 폰트인지 궁금했고 그걸 알아내려고 수십 권의 책을 뒤졌다. 가끔 어디서 관련 정보를 얻었을 때 말고 내가 음반을 고르는 기준은 표지의 인상이었다. 예나 지금이나 감정기복이 별로 없는 편이지만 그래도 그땐 20대였고 가끔 원인을 알 수 없는 울적한 기분이 들 때면 향하는 곳이 레코드포럼이었다. 톰 웨이츠의《Swordfishtrombones》의 기괴하고 우울한 표지는 그날 내 기분을 대변하는 듯했다. 표지를 바라보며 음악을 들으면 에셔의 〈그리는 손〉처럼 서로를 반영한다고 느꼈다.《Kind of Blue》뿐 아니라 글렌 굴드의 《골드베르크 변주곡》,《Friday Night in San Francisco》등 '표지만 보고 골랐는데 알고 보니 명반'이 여럿 있다. 디자인이 좋은 표지에 끌리는 건 아니었다. 모든 요소가 어리숙하지만 왠지 모르게 끌리는 음반도 있었다. 그 끌림에 작용하는 힘이 무엇인지 알 수 없지만 뭔가 있었다. 어떤 사람한테 어울리는 표정이나 옷이 있듯이 음악에도 걸맞은 형태가 있음이 분명했다.

우연히 알게 된 그래픽 디자이너 스테판 사그마이스터의 작업을 구경하다 표지에 글자 대신 나무, 지구, 코끼리 등의 아이콘이 바둑판 같은 칸을 가득 채운 음반을 발견했다. 저 아이콘들은 무슨 의미일까? 문자의 기능을 대신하는 걸까, 다른 규칙이 있는 걸까? 로제타스톤은 디스크였다. 디스크에 방사형으로 인쇄된 아이콘들 중 화살표를 12시 방향에 맞추면 알파벳에 해당하는 아이콘을 알 수 있었다. 심지어 라이너노트에 적힌 글도 이 아이콘들로 짜여 있었다. 내용을 읽으려면 옆에 음반 패키지를 놓고 해독해야 했다. 기필코 라이너노트를 읽어내고 말겠다는 열망 없이는 아무도 읽지 못할 터였다. 나 역시 음반을 산 지 스무 해가 지난 지금까지 읽지 않았다. 해독 방법을 알아낸 것으로 충분했고 내용은 부차적이었다. 이런 극단적인 아이디어를 받아들일 만큼 배포가 큰 뮤지션은 어떤 음악을 하는지 궁금했다. 그 음반은 팻 메시니 그룹의 《Imaginary Day》였다. 팻 메시니를 음악이 아니라 음반 디자인을 통해 안 것이다. 팻 메시니의 다른 음반이 궁금했던 내 눈에 띈 앨범이 《Trio 99-00》이다. 방사형으로 무지개색이 인쇄된 디스크가 표지에 뚫린 네모 구멍을 통해 드러나는 디자인으로, 음반에 사용된 폰트인 DIN을 따라 쓰곤 했는데 DIN은 2000년대 초반에 얼마나 큰 인기를 끌었는지 눈만 뜨면 DIN을 쓴 인쇄물이 눈에 띄어 얼마 안 가 싫증이 났고 지금도 여전히 싫다.

여느 때처럼 음반을 뒤적거리는데, 조명을 받아 빛나는 주얼 케이스 사이에서 독특한 질감을 발산하는 무리가 눈에 띄었다. 뽑아 보니 골판지로 만든 케이스였다. 비닐로 포장되어 뜯을 수 없었지만 다양한 색의 골판지에 다양한 색으로 박을 친 음반의 속이 궁금했다. 빈터운트빈터라는 처음 보는 레이블이었다. 가슴께에서 뭔가가 폭발해 뇌에 차올라 판단

129

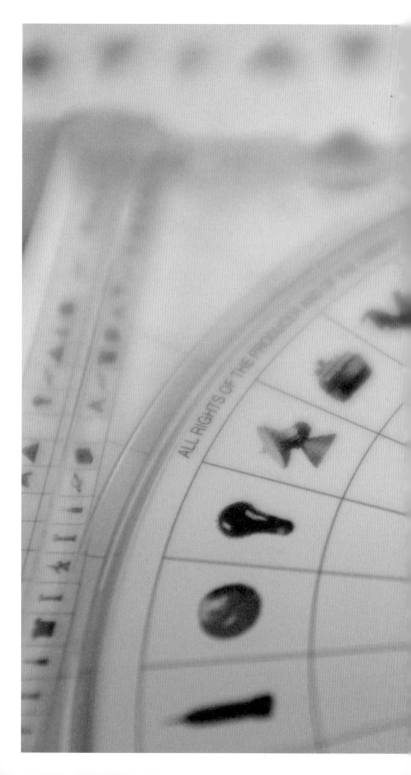

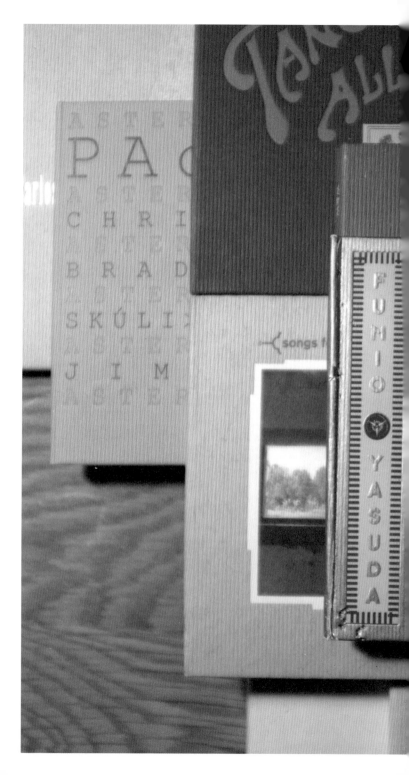

BAILA

TANGATA REA

M O N K

KAMMER ORCHESTER BASEL

$+$

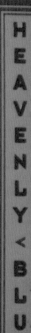

$=$

HEAVENLY < BLUE

MUSIC EDITION
WINTER & WINTER

에 작용하는 회로를 달구었다. 가격이 여느 음반의 두 배 이상이라 망설였지만 한껏 고조된 기분으로 그냥 갈 수는 없었다. 데이브 더글러스의《Songs for Wandering Souls》를 골라 급히 비닐을 뜯었다. 골판지의 골과 거친 감촉, 따로 인쇄해 풀로 붙인 사진, 사진 주위에 불규칙적으로 두른 백 박 테두리, 회색 박으로 처리한 타이틀 등 모든 물질적 선택에 호소력이 있었다. 표지를 넘기자 검은색 판지 세 장을 포개어 만든 디스크 베드(한 장은 맨 아래에 베이스로 깔고 한 장은 디스크가 들어가도록 동그랗게 팠고 한 장은 디스크가 빠지지 않도록 턱을 만들어 맨 위에 얹었다)에 올리브색 디스크가 들어 있었고 오른쪽엔 4단 접지로 내지가 붙어 있었다. 곡명과 크레딧을 적은 면의 독특한 그래픽이 인상적이었다. 그제까지 한 번도 접하지 못한 만듦새에 빈터운트빈터의 팬이 되었다. 당시 편집디자인 수업의 화두였던 '물성'을 '피부'로 이해했다. 돈이 생길 때마다 빈터운트빈터의 음반을 야금야금 사들였다. 대부분 모르는 뮤지션의 음반이었지만 어차피 디자인이 더 중요하기에 상관없었다. 하지만 디자인만 보고 사들이는 방식은 오래가지 못했다. 어쨌든 음반은 음악을 듣기 위한 매체이고, 듣지

134

않을 음악이 담긴 음반을 사는 데엔 한계가 있었다. 표지 사냥의 정점은《Heavenly Blue》였다. 무려 금색 골판지에 무광 박으로 찍힌 코발트블루와 스카이블루의 조합은 'heavenly'였다. 사야만 했다. 야스다 후미오라는 이름은 처음 듣지만 아코디언 협주곡이 무척 궁금했는데, 재생 버튼을 누른 이후의 시간은 무지… 괴로웠다. 여러 번 시도했지만 매번 도중에 끄고 말았다. 디자인이 강렬했던 만큼 음악에서 받은 괴로움이 컸고, 이 음반을 끝으로 빈터운트빈터의 마구잡이 구매는 막을 내렸다. 신중한 구매는 물론 계속되었다.

이후엔 음반을 사기 전에 반드시 테스트 청취를 했다. 실물을 손에 넣기 전에는 실체를 알 수 없다는 사실에서 오는 설렘, 흥분, 기대가 사라진 자리를 대신하는 건 재미라곤 없는 성공적인 선택이었다. 돌다리도 두드려보고 건너는 사전 준비는 일상의 모험을 앗아갈 뿐이었다.

음악 청취 환경은 빠르게 변했다. 스트리밍 서비스가 점점 자리를 잡았고 나 역시 그 편리함을 거부하지 못했다. 음반 한 장 값에도 미치지 않는 한 달 구독료로 세상 거의 모든 음반을 차지하는 셈이었고 시디장을 늘릴 필요도 없었다. 하지만 조금 듣다가 별 감

135

흥이 없으면 곧바로 끄고 바로 다른 음반을 찾아 틀어 댔으니 앨범 한 장을 진득이 듣는 경우가 드물었다. 풍요 속의 빈곤이라는 개념 역시 음악을 통해 배웠다.

최근 스피커를 바꾸면서 사그라졌던 불씨가 되살아났다. 오랜만에 LP를 보고 물리적 크기에서 오는 박력을 다시금 느꼈다. 섬네일 이미지로 볼 때는 안 보이던 디테일이 보였다. 반듯한 직선인 줄 알았던 폴 블레이의《Open, to Love》표지의 선은 크게 보니 색연필로 그은 우둘투둘한 선이었다. 음악을 듣는 건 재생 매체의 몸뚱이를 보고 만지는 행위를 포함하는 물리적인 활동이라는 걸 새삼 기억해냈다. 몸 없이 정신으로만 존재하는 친구와 같이 산다고 가정해 보자. 눈에 보이지 않는 친구의 존재를 매 순간 의식할 수 있을까? 얼마 안 가 친구의 존재 자체를 잊지 않을까? 친구의 모습, 물리적인 형태를 껍데기에 불과하다고 할 수 있을까?

음반의 형태는 순전히 우연의 결과일 것이다. 어떤 디자이너를 만나느냐에 따라 음악은 각기 다른 형태를 지니게 될 텐데, 일단 그 형태로 태어났다면 그 몸을 지니고 살아가게 된다. 우연이 곧 필연이라는 말은 그런 뜻이리라. 우리가 타인을 기억할 때 "그래, 그

136

사람 목소리가 참 좋았지" 하고 일부 부차적 특징을
떠올리듯 나는 음악을 형태로 떠올리곤 한다.

이기준
음악에 감화되어 그래픽 디자이너로 성장했다. 산문집 『저, 죄송한데요』,
『단골이라 미안합니다』를 지었다. 때마침 재즈 트리오 더티블렌드의
새 앨범을 디자인하고 있다.

137

연극이 끝나고 난 뒤, 우리는
〈연극이 끝난 후〉를 불렀다

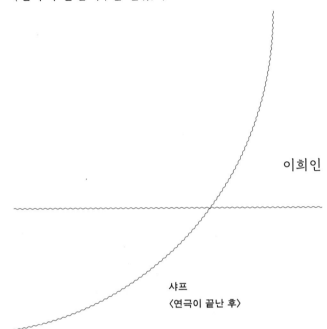

이희인

샤프
〈연극이 끝난 후〉

○

눈물 없인 볼 수 없는,

어른이 되어 눈물을 흘릴 일이 많지 않지만, 그래도 종종 눈시울이 뜨거워지는 때가 있다. 그 가운데, 연극의 커튼콜을 접할 때 경험하는 울컥함이나 뭉클함도 내겐 눈시울이 뜨거워지는 특별한 경우에 속한다. 슬픔도 아니요 울분은 더더욱 아니며 아픔도 아닌데, 알 수 없는 눈물이 종종 눈가에 맺힌다. 영화를 본 뒤 그런 경험을 한 일은 손에 꼽는다. 한 편의 연극이 모두 끝나 마지막 어둠이 무대에 내려앉은 뒤, 잠시 고요가 모든 걸 집어삼키고, 곧 조명이 다시 밝아지며 연극에선 그토록 당당했던 배우들이 쑥스럽고 수줍은 듯 한 명 한 명 무대로 나와 인사를 하는 커튼콜을 접하면, 나는 가슴 안쪽으로부터 뭉클한 감정이 솟아오르면서 쏟아지려는 눈물을 어쩌지 못한다. 연극의 규모나 러닝 타임, 그 작품이 잘 됐고 못 됐고는 별로 상관이 없다. 모든 커튼콜에 아낌없는 눈물을.

모르긴 몰라도, 배우들이 그 한 편의 연극을 준비하기 위해 고생한 시간들이 떠올라 뭉클해졌다고 해도 틀린 말은 아닐 것이다. 연극을 만들어 본 사람은 안다. 그것이 얼마나 지난하고 험난한 과정이고 짜증나는 과정이며 결과적으로 얼마나 가없는 희열을 안겨주는 과정인지를. 그러나 또 연극을 만들어 본 사람은 안다. 배우들에게 아낌없는 박수를 보내며 그들에게 곧 닥칠 불행(?)을 짐작하게 된다. 내일 그들에게 몰아닥칠 공허는 얼마나 깊고 치명적인 것일까. 몇 달을 지속해 왔을 치열하고도 아름다웠던 시간을 더는 누리지 못할 배우들. 연극이 끝나고 난 뒤, 그들은 어느 주막에 자릴 잡고 앉아 헛헛한 가슴과 텅 비어버린 시간을 메울까. 어떠한 방식으로 공연 뒤 찾아올 막막한 사태를 모른 척하거나 잊으려 노력할까. 사진을 일

인호인

컬어 사진을 찍을 때마다 사진에 담기는 시간이 '죽는다'고 하지만, 연극이야말로 하나의 막이 내리고 지나갈 때마다 하나하나의 장면이 '죽는' 경험을 하게 된다. 연극의 죽음은 사진의 죽음보다 더 치명적이다. 연극처럼 영원히 사라지고 휘발되는 예술이 또 있을까? 모든 커튼콜에 아낌없는 박수를.

개인적으로, 대학시절 연극 동아리에서 공연을 올렸던 시간들이 커튼콜의 장면에 겹치는 탓에 더더욱 뭉클함을 느낀다 해도 틀린 말은 아닐 것이다. 지극한 성취감과 함께 끝도 모를 추락과 공허의 시간들이 떠올라서라고. 그런 걸 예감하게 하는 공연 뒤풀이 시간 같은 것이 또한 떠올라서 말이다. 요즘 대학의 동아리에도 그런 풍경이 있을까? 사회의 전문 극단에도 그런 장면들이 가능할까? 알 수 없지만, 내가 대학에서 학과 공부보다 더 열심히 참여했던 동아리의 연극 만들기와 그 뒤풀이 자리가 떠오를 때면, 줄곧 희미하게 들려오는 어떤 노래 한 소절의 환청과 함께 한 시절이 오롯이 복원되곤 한다.

박수를 쳐주는 입장이 아닌, 따뜻한 박수를 받으며 커튼콜을 치르는 사람에겐 내일 찾아올 공허감 따위는 사치다. 어쨌거나 끝난 것이다. 지긋지긋하게 도망치고 싶었던 시간들이 마침내 저 멀리 꺼져버린 것이다. 그래서일까, 커튼콜이 끝나고 배우들 얼굴에 분장기가 말끔히 지워져 일상의 차림으로 복귀한 뒤엔 알 수 없는 긴장감이 감돈다. 무대로 사용했던 소극장 안으로, 어딘가 치워두었던 탁자들이 놓여 술상이 되고 주문해 놓은 막걸리며 음식들이 상 위에 깔리기 마련이다. 분장을 지운 몇몇 배우들은 바깥으로 나가 공연 동안 누리지 못했던 담배를 맛나게 태운다. 그때까지만 해도 아직 어떤 위험이나 말썽의 조짐은 감지되지 않는다. 그래도 경험 많은 선배들은 신경을 곤두세운다. 오늘 누구누구를 조심해야겠다고. 오늘 누구누구를 빨리 집으로 보내는 편이 좋겠다고.

　늦은 저녁을 겸한 공연 뒤풀이의 처음은 순조롭다. 공연 전 과정을 이끌었던 기획자가 일어나 고생한 순간들을 상기시키고 이 공연이 얼마나 훌륭했는지 자화자찬하며 건배를 제의한다. 뒤풀이 술자리를 통

143

틀어 가장 화기애애한 시간이다. 부드럽고 훈훈한 분위기가 이어진다. 긴장은 잠복돼 있다. 다만 아직 충분한 술잔이 돌아가지 않았을 뿐이다. 본격적으로 술자리의 지방분권이 이루어지며 옆에 앉은 선후배들과 술잔을 나누며 격려와 덕담이 오간다. 한두 시간 전까지만 해도 숨죽인 연극 무대였던 공간이 시끌벅적한 난장이 돼간다.

불안함이 감지되는 첫 단계는 누군가 먼저 터뜨린 눈물이다. 그 연극에 처음 참여한 저학년 여학생 중 한 명부터 틀림없이 탁자 한쪽에서 홀짝홀짝 눈물을 흘리는 사람이 생기기 마련이다. 술이 약한 동아리 회원 중 누군가가 그럴 수도 있다. 술에 충분히 취하지 않은 사람을 달래기는 어렵지 않다. 따뜻한 위로와 다독거림에, 눈물짓던 얼굴이 다시 발그레 웃는 얼굴이 된다. 그러나 그 자리에 있는 사람 누구도 알아차리지 못하는 것이 있다. 뒤풀이 자리 한구석에서 저 혼자 홀짝홀짝 술잔을 들이키며 찬찬히 눈이 벌게져가는 친구가 있음을. 그의 숨이 새근새근 가빠지고 있다는 것을. 그는 경험 많은 선배들이 점찍어둔 요주의 인물일 수도 있지만, 간혹 예상 밖의 인물일 경우도 있다는 것을.

144

누군가가 먼저 시작하건, 혹은 누군가가 제안을 해 시작하건, 뒤풀이 때마다 으레 노래 한 가락씩 부르는 '전국~ 노래자랑' 시간이 이어진다. 왜 이런 뒤풀이 자리는 늘 노래자랑 비슷한 것으로 채워지는 걸까. 그것도 누가 무슨 노래를 부를지, 누구의 18번은 무엇인지 다 알면서도 그 노래를 처음 듣는 척 낯빛을 꾸미면서. 그 시절 누구나 그러했듯이 투쟁가를 부르는 친구가 있는가 하면, 이문세나 김현식의 노래를 부르는 이도 있다. 서태지와아이들이나 듀스, HOT의 신곡부터, 변진섭이나 신승훈 같은 인기 레퍼토리도 빠지지 않는다. 그리고 또 무슨 노래들이 그 패잔병들의 모임 같은 뒤풀이 자리를 수놓았던가. 어느새 공연 뒤풀이 자리는 형광등 대신, 아직 철수하지 않은 무대 조명으로 대체되고 누군가 기타를 잡은 쪽으로 핀 조명이 맞춰진다. 길손처럼 또 밤이 찾아오면[9], 뒤풀이 자리는 무르익어간다.

순간, 어디선가 우당탕탕 요란한 굉음이 터져 나온다. 고성이 튀어 오르고 탁자 위의 술병이 바닥에 떨어져 깨진다. 누군가 누구에게 뭘 던지거나, 누군가가 누군가에게 목에 핏대를 세우고 뭔가를 따져 묻기도 한다. 돌아보면 선배들이 예상했던 요주의 인물이

145

[9] 정태춘, 〈촛불〉

기 십상이다. 간신히 주변 사람들이 뜯어말리고 둘을 떼어놓는다. 한 사람은 소극장 바깥으로, 다른 한 사람은 소극장 구석으로 보내진다. 흡사, 한 라운드가 끝나 각자의 코너로 돌아간 복서들처럼. 무대 바닥에 잠복했던 먼지가 핀 조명 안쪽으로 뭉게뭉게 피어오르는 것이 보인다. 잠시 소란의 여운이 남는다. 곧, 다시 기타가 퉁겨지며 뒤풀이의 전국노래자랑은 계속된다. 또 어떤 노래가 흘러갔던가.

노래자랑이 흐를수록 술자리의 한국 대중음악사는 시대를 거슬러 올라간다. 정태춘을 넘어 조용필로, 또 송창식으로, 어쩌다 김민기나 양희은으로, 종종 박인희로, 그러다 한대수나 신중현으로. 노래방이 없던 그 시절, 우리들 머릿속에는 얼마나 많은 가사들이 살아 숨 쉬고 있었던가. 얼마나 다양한 창법과 개성 넘치는 곡 해석이 난무했던가. 비디오가 라디오 스타를 죽였다는 노래도 있지만, 노래방이 죽인 낭만과 즐거움은 얼마나 허다한가.

순간, 다시 소극장 한쪽에서 우당탕탕탕탕탕탕, 소리가 폭발한다. "악—!" 하는 여학생의 단말마 같은 비명 소리도 터져 나온다. 기타가 멈추고 모두 그쪽을 바라본다. 작은 소극장이지만, 무대 뒤편 베니어

합판으로 만들어 놓은 무대 장치가 박살이 나있다. 누군가 그걸 야무지게 때려 부순 것이다. 이단옆차기로 무대를 부순 회원이 튕겨 나가 주저앉은 뒤, 곧 툭툭 털고 일어나 다시 무대 장치를 향해 앞차기 옆차기를 해댄다. 뜯어말리는 사람, 어쩌지 못하고 '어, 어, 어' 만 연발하는 사람, 별일 아니라는 듯이 술잔을 기울이는 사람들, 사람들.

이단옆차기, 앞차기의 주인공을 봤더니 그 친구다. 뒤풀이 자리 한구석에서 저 혼자 홀짝홀짝 술잔을 들이키며 가만히 눈이 벌게 가던 친구. 새근새근, 벌렁벌렁 숨이 가빠오고 얼굴에는 홍조가 깃든 그 친구가 기어이 그 밤 뒤풀이 자리에서 가장 큰 사고를 쳤다. 하기야 앙코르 공연을 할 리는 없으니, 정성껏 만든 무대 장치가 부서진들 큰 문제는 안 된다. 그렇잖아도 숙취를 부여안고 이튿날 나와 치우고 철거하려던 무대 장치이니.

뒤풀이 자리가 깊어갈수록 공연에 참여했던 사람들은 모두 취해가고, 여기저기 터져 나오는 소란과 말썽이 극에 달할 무렵, 정화의 시간이 찾아온다. 마침내 동아리 최고의 가수로 불리는 여자 선배 한 명이 일어나 크지도 않은 목소리로 나지막이 노래를 부른

147

다. 연극이 끝나고 난 뒤 혼자서 객석에 남아~.

　그 노래에는 이상한 마력이 있었다. 모두들 그 노래에 얌전해졌다. 고향으로 돌아가던 율리시스의 선원들을 위험에 빠뜨린 사이렌의 노래처럼, 로렐라이 언덕에 앉아 노래를 부르던 전설의 요부처럼, 모두 잠시 넋을 잃고 노래에 빠져들었다. 음악 소리도, 분주하게 돌아가던 무대도, 화려했던 조명도, 이젠 모두 꺼져 버리고, 연극이 끝나고 난 무대 위엔 정적과 침묵만이 남아 흐르고 있다는 그 노래. 모두들 넋이 빠져 목소리를 모아 노래를 따라 불렀다. 연극이 끝나고 난 뒤, 우리는 모두 〈연극이 끝난 후〉를 불렀다.

카니발의 아침

어쩌다 보니 연극동아리가 아니라 무슨 폭력조직의 술자리 풍경을 옮겨놓은 것만 같다. 그만큼 연극을 만드는 일은 힘에 겨웠고, 그에 따른 뒤풀이 자리는 늘 태풍의 눈 한가운데처럼 요동쳤다. 그렇게 열심히 연극을 만들며 청춘을 불살랐다고 해도 좋을 것이다. 대부분 먹고사는 일의 무거움으로, 사회에 나가서도 연극 무대에 서겠다는 마음은 포기해야 했지만 말이다.

그래서일까. 요즘도 연극을 볼 때, 그리고 배우들의 커튼콜을 볼 때면, 울컥하는 마음 한편에 그 배우들이 용감하게 연극의 길을 택한 것이며 삭막한 무대를 지켜가고 있음에 대한 존경심도 한몫을 한다. 커튼콜을 마주할 때 느끼는 울컥함이나 뭉클함의 다만 몇 할은 그런 감정과 생각들에 빚을 지고 있다. 모든 커튼콜에 아낌없는 박수를.

연극의 쫑파티는 러시아의 평론가 바흐친이 말했던 '카니발'의 시간을 오롯이 연상케 한다. 계급과 신분의 질서가 잠시 전복되고, 억압받아온 이들에게 모든 도발적 행동이 허용되는 시간이다. 일종의 야자타임 같은 것일 텐데, 우리 사회의 쪼잔한 야자타임이 대개 그렇듯 어느 선을 넘으면 문제가 된다. 그러면 또 한쪽에선 우당탕탕탕 실랑이가 벌어질 수도 있다.

이튿날, 카니발의 밤이 지난 뒤의 아침이 오면, 밤새 어떻게들 흩어졌는지 알 수 없는 동아리 회원들이 다시 하나둘 소극장으로 돌아온다. 퀴퀴한 막걸리 썩은 내가 나는 간밤의 흔적은 지저분하고 무질서하며 처참하다. 술병이 나뒹굴거나 깨져있고, 말라붙은 음식 찌꺼기가 술상으로 쓴 탁자 위에 붙어 있으며, 무대의 윙(커튼)을 뒤집어쓴 채 소극장 한구석에서

149

잠자다 깬 회원의 부스스한 얼굴도 안쓰럽다. 무엇보다 이단옆차기로 멋지게 부순 무대 장치가 가관이다. 지난밤 그 무대를 부순 친구는 아직 나타나지 않았다. 그가 다시 동아리방에 모습을 나타낼지도 알 수 없다. 그저 기다리는 수밖에 없다. 그런데 왜 그 친구는 다른 회원도 아니고 애꿎은 무대 장치를 타깃 삼아 화풀이를 한 것일까?

카니발의 흔적을 지우며 무대를 철수하고 새로운 일상으로 돌아가기 위해, 또 몇 달 뒤 다시 올려야 할 공연을 위해 한데 힘을 모아 청소를 하고 정리를 한다. 누군가, 어쩌다 실수를 해서, 연극이 끝나고 난 뒤 어쩌고, 흥얼거리기라도 하면, 한 선배가 버럭 소리를 지르며 타박을 할 것이다. "치아라(치워라)!" 그 노래는 몇 달 뒤, 다시 온 정열과 눈물과 한숨과 긴긴 기다림의 시간을 다 바친 또 한 편의 공연을 무대 위에 무사히 올리고, 또 마치고서야 부를 수가 있다. 그 시절 우리에겐 성스러운 노래였다.

그런데, 나는 그 노래를 몇 번이나 목이 터져라 불러 보았던가?

이희인

오랫동안 광고 카피라이터로 일하다가 지금은 대학원에서 늦깎이 공부를
하고 있다. 광고 일을 하면서도 딴짓을 더 많이 해서 연극과 사진, 여행,
책쓰기 등에 몰두했다. 100여 개쯤 나라를 여행했고 『여행자의 독서』,
『자, 이제 다시 희곡을 읽을 시간』 등 모두 12권의 책을 썼다. 커서
희곡작가, 연극 연출가가 되는 게 꿈이다.

제법, 나를 닮은 첫 음악

초판 1쇄 발행 2022년 1월 31일

지은이   권민경, 김겨울, 김목인, 나푸름, 민병훈,
               서윤후, 송지현, 유희경, 이기준, 이희인

발행·편집   유지희
디자인   이기준
제작   제이오
펴낸곳   테오리아

              출판등록   2013년 6월 28일 제25100-2015-000033호
              전화   02-3144-7827
              팩스   0303-3444-7827
              전자우편   theoriabooks@gmail.com

ISBN   979-11-87789-36-9 03810